LE SECRET DE FAMILLE

DU MÊME AUTEUR

L'Âme des objets, Hachette Littératures, 2008.
Grand-père décédé. Stop. Viens en uniforme : récit, PUF, 2001.

Dans la même collection

L'Empire des mères.
L'Âme des maisons.

FRANÇOIS VIGOUROUX

LE SECRET DE FAMILLE

Pluriel

Collection fondée par Georges Liébert
et dirigée par Joël Roman

ISBN : 978-2-8185-0023-1
Dépôt légal : novembre 2010
Librairie Arthème Fayard/Pluriel 2010.

A Jean et Janine Assens

Des mères qui se font passer pour la sœur de leur fils, des hommes qui apprennent que leur père n'est pas leur vrai père, des parents qui dissimulent à leurs enfants l'existence d'un de leurs frères, des femmes qui découvrent qu'elles ont été abandonnées, des filles qui retrouvent le père que leur mère leur a toujours caché, des enfants qui se rendent compte que leur père a une seconde famille... Etranges ou banales, simples ou complexes, les histoires qui composent ce livre portent toutes sur la dissimulation du secret des origines, sur la filiation.

Ces zones d'ombre qu'on trouve dans la vie de presque toutes les familles, elles ont été mises en place pour masquer quelque malheur ou quelque faute et les secrets ont accompli plus ou moins longtemps dans les comportements et les vies leur œuvre souterraine. Pressentis d'abord, puis révélés, ils peuvent enfin être dits et perdre ainsi de leur pouvoir occulte.

Ce sont des anecdotes. Elles disent le désastre des guerres et des crises, les inégalités de condition et de destin, l'aveugle mouvement par lequel les familles essaient de promouvoir leur ascension sociale. On y verra comment le poids de ce qu'on appelle l'Histoire écrase les comportements et les vies.

Ce sont aussi des témoignages. On y percevra le jeu des désirs qui se transmettent et s'affrontent, les souffrances que la dissimulation oblige à infliger et à endurer, et les forces inconscientes qui, à travers l'arbre généalogique, font et défont leurs faisceaux d'amour et de haine.

Ce sont enfin des questions. Quels sont donc les enjeux de ces secrets qui, comme des fautes originelles, ne cessent depuis des siècles de nous accompagner ?

Au-delà des apparences et des contraintes dont les sciences sociales nous donnent l'explication, par-delà même la psychanalyse — clé privilégiée pour explorer les magies de l'inconscient et ses richesses —, on s'interrogera sur le mystère de ce qui se transmet d'une génération à l'autre sous le sceau du secret.

Je tiens à préciser que les récits, les analyses et les interprétations qui suivent reposent sur un certain nombre de principes.

Premier principe. Les explications purement historiques ou sociologiques ne sont pas l'objet de cet essai, même si les histoires relatées ici nous renvoient, parfois brutalement, à l'histoire des comportements sociaux, à celle des idées ou à celles des contraintes économiques.

Second principe. J'ai choisi de ne pas juger de l'hypothétique véracité des récits qui m'ont été confiés. Leur authenticité est, comme on l'imagine, indémontrable. Ils reposent pour l'essentiel sur des « dires » et sont par conséquent sujets à caution. Ils constituent des matériaux bruts, à traiter comme tels, et dont j'ai seulement apprécié la cohérence et la signification.

Troisième principe. La relation œdipienne est à la base

de toute explication de la vie des familles. L'Œdipe est la pierre angulaire du secret. Ce point sera largement explicité et commenté tout au long de cet ouvrage.

J'ai fondé cette réflexion sur une hypothèse centrale.

L'Histoire ne serait pas un vain, un tragique et un aveugle balbutiement, mais le mouvement même par lequel se fabrique la conscience, le mouvement par lequel l'univers de l'inconscient se révélerait à lui-même. Il y a superposition entre l'aventure du cosmos et l'aventure individuelle, entre la grande et la petite histoire. Le phénomène humain constituerait la manifestation la plus haute de l'émergence de la conscience créatrice, et la transmission généalogique apparaîtrait alors comme le lieu privilégié où s'opère la transmutation de l'obscur en lumière, c'est-à-dire l'accroissement du niveau de conscience et l'élargissement de la vie psychique. Quant au secret de famille, il serait un des points clés de cette transmission, peut-être ce qu'on appelle un passage paradoxal : faiseur d'obscurité et de confusion, il n'en contraindrait que davantage les descendances à faire de la lumière, à trouver une parole, à donner un nom à l'innommable — pour sortir toujours un peu plus de la confusion.

On s'étonnera peut-être de l'importance apparemment accordée dans les récits qui suivent à des détails tels que les menus accidents de la vie, les noms des personnes, les coïncidences ou les maladies. En effet, dans l'hypothèse évoquée ci-dessus, tous les faits prennent une signification et entrent en cohérence. Dans un mouvement infiniment riche, infiniment libre et infiniment complexe, et comme mus par une force gravitationnelle, ils viennent s'enrouler et se dérouler autour du lourd noyau émotionnel que constitue le secret. Comme celui de la vie psychique profonde, leur jeu échappe aux lois de la causalité ordinaire et aux contraintes physiques de la durée et de l'espace.

Le secret de famille touche ainsi à l'essence même du phénomène humain.

Je crois qu'Œdipe est aujourd'hui en train d'achever l'exploration de ce moi, si grand et si petit, qu'avec tant de souffrances il a mis si longtemps à constituer. Il peut désormais abandonner les enfers et découvrir — afin d'exister par lui-même —, le secret de ses origines. Il peut recouvrer la vue et, délivré du poids de cette faute où il n'était pour rien, cesser d'être coupable. Et donc se faire plus léger. Dès lors, ce n'est plus de ses parents ni de son ascendance qu'il aura à se préoccuper mais, en devenant plus aérien et transparent, de sa transcendance. C'est lui qui pose maintenant à son double, au Sphinx éternel, la question : « Qui suis-je ? » Il sait désormais qu'il lui revient, et à lui seul, de découvrir la réponse.

Il abordera alors l'au-delà du secret, c'est-à-dire le mystère.

Chacun de nous, un jour ou l'autre, s'interroge sur ce qui de lui est « en souffrance », c'est-à-dire en attente, à la question. Comme beaucoup, j'ai été conduit à explorer les arcanes de mon histoire, à la recherche des blessures premières. Puis, à travers les souvenirs, les témoignages et leur recoupement, je découvris, tout proches, brûlants encore comme des braises sous la cendre, mes propres secrets de famille.

Le hasard — mais peut-il exister en ce domaine ? — me fit rencontrer des personnes qui me confièrent spontanément leur secret de famille. L'idée me vint alors de les collectionner. Au fil des rencontres, en des situations et des milieux divers, je faisais part de ma recherche. Elle suscitait toujours des réactions d'intérêt, car le sujet passionne tout le monde, et me conduisait presque chaque fois à une histoire.

Je disposai assez rapidement d'une cinquantaine de récits, inégaux en importance comme en intérêt.

J'ai retenu ceux qui m'ont semblé les plus significatifs et j'ai choisi de dire, le plus simplement possible, ce que je crois y voir — après avoir modifié tout ce qui pourrait permettre une identification, mais en conservant aux noms, aux dates et aux lieux la signification qu'ils me paraissent avoir.

Des secrets, il y en a partout, on les pressent, on les devine, on les entrevoit. Il suffit d'une anecdote, d'une allusion, d'un hasard, et ils surgissent au grand jour.

Il y a les petits secrets qui masquent les scandales et les désordres courants, les inconduites, les mésalliances ou les mauvaises mœurs. On fait tomber sur les coupables une chape d'oubli et ils sont mis en quarantaine au fond des mémoires. Il y a les suicides, les folies, les maladies non recevables, les morts ignominieuses. On les dissimule comme des tares. J'ai connu des parents de bonne famille qui cachaient la façon dont leur fils était mort pendant la guerre d'Algérie : non pas sous les balles des fellaghas, au champ d'honneur, mais dans un banal accident de voiture, un dimanche, à Oran. Il y a ensuite toute la gamme des crimes et des condamnations, les faillites et les escroqueries non reconnues. Puis, en un temps où l'excellence, la performance et l'agressivité sont des vertus cardinales, ces autres infamies que sont les échecs professionnels et le chômage. Il existe, on le sait, pour les cadres, des officines où l'on peut se rendre comme à son bureau et qui convertissent les allocations de chômage en feuilles de paye légitimes, pour éviter qu'une épouse trop fragile ou un environnement trop rigide ne découvrent cette souillure. On m'a quelquefois apporté des histoires de vol ou d'héritage assez sordides et amusantes ; on m'a signalé des notaires tout gorgés de secrets de succession ; on m'a même un jour parlé de trésors enfouis. Et aussi d'assassinats, de meurtres et de crimes dont la justice n'avait jamais eu à connaître. Quelques expériences me suffirent. Je récoltais des anecdotes, je ne pouvais rien soupçonner des acteurs et de ce qui les conduisait ; je n'avais pas accès au secret véritable.

Il est clair en effet que l'héritage, les affaires, l'argent, le crime même, ne sont que des masques, des leurres, des artifices qui dissimulent toujours autre chose : la vérité des relations dans la famille, là où le silence est tout-puissant et où les désirs, aveugles, poursuivent implacablement leur ronde. Comme les secrets, ils traduisent bien sûr les désordres et les failles que les générations se transmettent, mais l'exploration en est plus hasardeuse et difficile, l'explication plus confuse, l'enchaînement moins visible.

Il ne s'agira ici que du secret des origines au sens strict — celui qui porte sur la filiation.

« L'officier sans loi » est l'histoire d'une dissimulation sordide : la vérité cachée à une enfant et l'obstination mise par celle-ci à la découvrir. En arrière-plan, et comme dans chaque histoire, la férocité des valeurs qui fondent la patrie, la société et la famille.

Avec le thème de l'absence du père, « L'histoire de Damien » commence à montrer un des mécanismes privilégiés de la transmission généalogique : la répétition. On y voit comment la frustration, la colère et le désir de vengeance œuvrent dans l'inconscient parental et conduisent à l'écartèlement de l'enfant.

« Le faux-frère » montre comment une mère peut s'y prendre pour posséder son fils. On aborde ici le thème de l'inceste, au moins dans l'ordre symbolique.

« Le parâtre » illustre la violence inouïe de la pression

sociale et familiale et les souffrances qu'elle engendre. Elle contraint ici des parents à la forfaiture.

« L'enfant du père » dévoile l'indicible, ce qui ne peut être nommé.

Dans « La garçonne » apparaissent, lovés dans la banalité de la vie quotidienne, les modes de dissimulation et de révélation du secret de famille, ainsi que les avantages qu'on peut retirer de sa divulgation.

« La pièce de soie » relate l'histoire d'un père et de son fils et montre comment, pour survivre, le fils doit se débarrasser du père.

« Le piège » relate la naissance et la mise en place d'un douloureux secret.

« L'histoire des filles fleurs » s'étend sur six générations, au cœur de la France dite profonde, dans la violence et la misère. Une modulation libératrice y semble pourtant rompre le cycle implacable des répétitions.

« La maison hantée » met en scène l'absence de la mère et on se demande si les revenants habitent les maisons ou les âmes... La petite fille part à la recherche du secret mais ne trouvera rien. Le secret est en elle.

« La double famille » décrit une situation classique. On y voit les efforts déployés pour ne rien savoir. On y distingue les fils ténus qui relient sur deux siècles trois générations.

Enfin « La reconstitution » montre la longue quête d'un homme conduit à découvrir l'insoupçonnable.

On verra donc ici comment, dans la nuit des familles, débarrassés des conventions, œuvrent les sentiments véritables. On y découvrira les masques, les déguisements, les faux-semblants dont son vêtues les filiations. On distinguera, à travers les accidents d'amour que racontent ces histoires, à travers les oppressions, les peurs et les carnages, les forces occultes qui fabriquent le secret.

On soupçonnera qu'il est à l'œuvre dans toutes les familles et qu'il agit en chacun de nous. Tous en effet nous sommes mus et émus — physiquement et métaphysiquement — par ce secret qui ne cesse de hanter notre vie et par la nécessité de le mettre à jour : le secret de nos origines. Car la nature du secret est double. Il est dissimulation mais, paradoxalement, seule sa disparition, c'est-à-dire sa révélation, fonde son existence. Il n'existe que pour être un jour révélé, pour nous obliger à éclairer la part d'obscurité qui nous est transmise : nous avons à inventer sur elle la lumière. Il faut que la confusion qu'il recouvre soit dissipée. Que nous apprenions à distinguer au-delà des voiles de chair une autre dimension, la dimension lumineuse de l'humain. Le secret, c'est par lui que l'homme se crée. C'est en cherchant à l'élucider, consciemment et inconsciemment, que nous créons notre vie et prenons sens. C'est dans cette interrogation, entre obscur et lumineux, entre dissimulation et révélation, que nous prenons naissance.

Le secret, c'est le cheminement obscur des passions dans l'histoire des familles. C'est la sécrétion de l'inconscient qui baigne la vie comme une eau épaisse. C'est la pierre laissée sur le chemin et que les enfants viendront heurter dans leur marche. C'est l'alchimie des douleurs par quoi chaque génération se sépare des précédentes en acquérant un surcroît de conscience et d'âme. Au-delà des gémissements, des cris et des mensonges qui peuplent les histoires qui suivent, il faut percevoir la folle demande d'amour qui émeut ici toutes les âmes. C'est aussi cela, le secret de famille : un immense chagrin d'amour, une misère de tendresse à en mourir, et si profonde que rien jamais ne semble pouvoir la combler.

L'officier sans loi

J'ai choisi de commencer par cette histoire — qui est au demeurant une des premières qui m'aient été racontées — parce qu'elle illustre de façon exemplaire presque tous les mécanismes à l'œuvre dans la constitution et la découverte du secret. On y distingue également assez bien les forces souterraines qui régissent la vie des familles.

Elle me fut relatée par celle-là même qui en fut la victime, une femme dont j'avais fait la connaissance chez des amis et qui avait accepté de me raconter son histoire. Je la retrouvai donc quelques jours plus tard dans le café où je donnais habituellement rendez-vous à mes fournisseurs de secrets. Il peut d'ailleurs paraître étrange que j'ai justement choisi un endroit public, ce lieu de déracinement et de bâtardise qu'est par excellence un café, pour parler de généalogie, de filiation, de ces vérités très intimes qui nichent dans les familles.

Qu'on imagine donc la grande salle d'une brasserie quelconque et cette femme qui s'appelait Marie assise en face de moi. Elle parlait d'une voix égale, qu'un léger voile parfois enrouait, et elle fit son récit d'un seul trait, comme si elle le savait par cœur à force de l'avoir ressassé. Sa chevelure noire se déployait sur ses épaules, épaisse, dense, océanique. Sombre elle-même, et presque ramassée sur le mystère et la violence qui l'habitaient, elle me regardait à peine et son regard parfois se durcissait, comme si elle avait eu un compte à régler avec une personne toujours présente et cependant inaccessible. Elle portait sur la joue gauche une petite cicatrice blanche en forme de croix de Lorraine. Cette balafre, me dit-elle, c'était la marque d'un coup qu'elle avait reçu quand elle était toute petite, dans un camp de concentration, en Indochine.

Un matin de janvier 1946, un paquebot qui venait d'Indochine accostait à un quai de la Grande Joliette, dans le port de Marseille. Il avait à son bord des militaires et des fonctionnaires coloniaux qui revenaient pour la première fois en métropole après cinq ans de guerre, et une foule énorme de parents et d'amis se pressait pour les accueillir, au milieu des cris, des appels et des fanfares des troupes alignées sur le quai. Grand et maigre, le regard mobile et aigu, le capitaine Jacques Aubert descendit parmi les premiers la passerelle, tenant par la main une gamine d'à peine quatre ans qui avait un léger type asiatique mais qui lui ressemblait assez pour être sa fille. Elle regardait avec effroi la foule, les hangars, les grandes grues du port, quand elle se trouva soudain devant une femme noire qui lui sourit avec un regard dur et la prit avec brusquerie dans ses bras.

— Puisque ta maman est morte, dit-elle d'une voix rêche, c'est moi qui serai désormais ta mère. Je m'appelle Andrée mais tu diras : « ma tante ».

Ce fut ainsi que Marie apprit que sa mère était morte — car son père avait omis de le lui dire —, et découvrit sa nouvelle famille. Sa tante Andrée d'abord, puis son oncle Jean-Marie, un gros homme portant des lunettes dont les verres ressemblaient à des loupes, et enfin deux jeunes garçons, ses cousins, qui dévisageaient avec méfiance et mépris la petite sauvageonne que leur oncle ramenait d'Indochine. On leur avait raconté son histoire.

En 1944, alors que son père, officier de l'armée française, venait d'être fait prisonnier par les Japonais, Marie avait été internée avec sa mère vietnamienne, Thi Lam, dans un camp du Vietminh, à Cao Bang, près d'Hanoï. Elle y était restée une année, dans des conditions de vie épouvantables. En juin 1945 — juste après Hiroshima —, lorsque le capitaine Aubert avait été libéré, il avait découvert ce qu'il était advenu de sa fille et de sa femme et avait entrepris de les faire sortir du camp. Il fallait pour cela verser une sorte de rançon, mais comme il ne disposait pas de l'argent nécessaire, la somme lui fut avancée par la Croix-Rouge. Et Marie me montra un papier jauni, un reçu à en-tête de la Croix-Rouge, qui indiquait qu'une somme de quelques milliers de piastres avait été remise au capitaine Jacques Aubert en vue d'obtenir des responsables du camp de Cao Bang la libération de sa fille. Car il n'avait pas réussi à sauver Thi Lam — le Vietminh refusait de libérer les Vietnamiens —, et la malheureuse était morte de faim et d'épuisement quelques mois plus tard, comme d'ailleurs tous les membres de sa famille. Le capitaine revint en France avec sa fille et la confia tout naturellement à son frère aîné et à sa belle-sœur qui habitaient, comme on l'a vu, Marseille.

Il convient de décrire un peu cette famille car elle joue un rôle important dans le déroulement de l'histoire et dans son explication. C'étaient des petits bourgeois qui poursuivaient avec acharnement leur ascension sociale. Ils possédaient une fabrique de pains de glace dans le quartier de la Belle-de-Mai. En ces mouvantes années d'après-guerre, il leur importait de maintenir les apparences sur lesquelles s'était fondée leur ambition. Ils étaient donc rigides, sérieux, catholiques, travailleurs, et tout écart de conduite, de pensée ou de désir leur était interdit. Le dimanche, quand il faisait beau, ils allaient au bord de la mer, à La Ciotat d'où la famille était originaire.

La tante Andrée appartenait à une tribu épaisse et innombrable qui passait son temps à se repaître de querelles familiales toujours renouvelées. Vêtue de façon si recherchée qu'elle en paraissait extravagante — une couturière venait comme aux plus beaux jours l'habiller à domicile —, c'était une femme irréprochable, mobilisée à maintenir en tout les bienséances. En acceptant d'élever Marie, elle ne faisait naturellement que son devoir vis-à-vis de la France, de la famille, de son mari et de son beau-frère l'officier. Cet homme difficile et dur lui témoignait une prévenance distinguée dont elle était flattée, mais elle savait bien, au fond, qu'il la méprisait. Elle ne serait jamais de ces femmes qu'elle enviait et détestait en même temps mais qu'il devait aimer, lui : des aventurières un peu folles, un peu putains, un peu vivantes. Et elle qui ne vivait pas, elle ne pouvait que se venger de sa vie sur la petite fille exotique qu'on lui avait imposée.

C'est qu'elle était sauvage en effet, cette fillette qui comprenait à peine le français ! Il fallait la dresser ! La punir souvent, avec précision et méthode — puisque c'est ainsi qu'on élève les enfants. Elle ne manqua jamais de rien. Mais sa tante la gifla un jour avec une telle violence que Marie comprit clairement toute la haine qu'Andrée éprouvait pour elle.

Quant à l'oncle Jean-Marie, il avait lui aussi le sens des obligations et en particulier celui de ses devoirs envers son frère, de huit ans son cadet. Aussi prenait-il chaque soir la petite Marie sur ses genoux, scrupuleusement, comme si elle avait été sa propre fille. C'était un homme responsable qui travaillait beaucoup et exerçait, dans les œuvres sociales et sportives de la ville, de nombreuses fonctions honorifiques dont il récoltait reconnaissance et considération et qui l'affermissaient dans la bonne image qu'il avait de lui-même. Il était strict, cassant, autoritaire, et à ce point rigide et incapable d'évoluer qu'il devait plus tard conduire son usine de pains de glace à la ruine !

Il y avait aussi le grand-père qui s'était fait à la force du poignet, comme il le disait sans cesse. Ouvrier, puis contremaître, puis gérant, il avait fini par devenir propriétaire de l'entreprise qui l'employait. Ce bourreau de travail implacable et austère fut pourtant pour Marie un bon grand-père. Il l'emmenait voir les bateaux et manger des oursins sur le Vieux Port.

La grand-mère s'appelait elle aussi Marie. Et nous comprenons bien que, loin de la terre natale, le capitaine avait donné à sa fille le prénom de sa mère ; nous pouvons ainsi pressentir l'intensité des liens qui attachaient le fils à celle-ci. Tous les jeudis, Marie allait déjeuner chez cette femme terrible, opaque, violente, en qui tout était mystère. On ne savait rien de ses origines. On racontait que ses parents étaient des métis brésiliens... Acariâtre et arrogante, elle se montrait d'autant plus férocement attachée à son rang qu'une génération seulement la séparait d'une condition misérable.

En revenant d'Indochine, le capitaine avait entreposé chez elle ses souvenirs, ses papiers et, surtout, beaucoup de photos prises au Tonkin. Plus tard, au cours d'une de ses permissions, il voulut les montrer à sa fille. Ils les cherchèrent ensemble et fouillèrent dans les malles rangées au grenier. La petite était au comble de l'excitation parce que son père lui avait dit qu'il y avait là beaucoup de photographies de sa mère. Or ils ne trouvèrent rien. Elles avaient disparu. On devinait ici la manœuvre de la mère du capitaine Aubert. Elle avait voulu aider son fils à trancher les liens avec le passé, à faire disparaître tout souvenir de Thi Lam afin qu'il ne se complaise pas en des évocations douloureuses. Elle voulait qu'il se marie et qu'il soit heureux — au moins à la façon dont elle l'entendait, elle.

Marie avait onze ans, la guerre d'Indochine s'achevait et, à l'école, les enfants ne parlaient que de la Plaine des Joncs et de Dien Bien Phu. Marie aurait bien aimé se prévaloir de son ascendance vietnamienne et de l'aura mystérieuse de l'Orient, mais ses camarades se moquaient de sa prétention : elle n'avait pas en effet, pour une métisse, un type asiatique suffisamment marqué. Cela avait depuis toujours suscité en elle une petite inquiétude, une minuscule interrogation ; elle avait l'impression vague que quelque chose était dissimulé derrière la mort de sa mère.

Or, au moment d'entrer en classe de sixième, elle dut fournir à l'administration de l'école un extrait de naissance et elle l'apporta triomphalement en classe. Tous les élèves se précipitèrent sur le document pour vérifier ses dires et la convaincre de mensonge. Ils constatèrent que sa mère était bien vietnamienne, mais ils firent une autre découverte : le document n'indiquait nullement que Thi Lam fût l'épouse de Jacques Aubert ! Cette révélation fut pour l'adolescente un désastre, l'effondrement des valeurs morales dont on l'avait cuirassée. Elle se sentit brusquement bâtarde.

L'histoire pourrait s'arrêter ici. Ce serait un petit secret, comme il en existe des millions, le stade le plus humble de la dissimulation : les parents n'étaient pas mariés à la naissance de l'enfant ! On imagine cependant à peine l'intensité des efforts qui ont été déployés — et qui le sont encore actuellement dans certains milieux ! — pour dissimuler à l'entourage une réalité aussi naturelle. L'impossibilité d'avoir des enfants hors des liens du mariage a été un des dogmes de l'éducation bourgeoise jusqu'à une époque assez récente. Parmi les quelques règles qui régissent la vie des secrets de famille, nous allons en découvrir une qui pourrait s'énoncer ainsi : « Attention ! Un secret peut en cacher un autre ! » Sous le secret banal et anodin, un autre secret souvent se dissimule, plus important, plus grave, quelquefois plus dangereux. On pourrait dire que le premier n'est là que pour lui faire écran, pour créer une diversion.

Continuons l'histoire de Marie. Elle est encore très banale. « Et bien oui ! lui a dit sa tante Andrée, ton père et ta mère n'étaient pas mariés au moment de ta naissance. Cela arrive quelquefois, à cause de la guerre ! » Quelques années plus tard, Marie eut besoin de lunettes et sa tante la conduisit chez un opticien. « Tiens ! dit celui-ci, tu es de Nancy ! » La couleur de l'iris indiquait en effet une indubitable ascendance lorraine et Marie apprit ainsi que sa mère était métisse, fille d'un gendarme lorrain et d'une Vietnamienne.

Elle ne voyait son père que pendant ses permissions ou ses vacances. Il avait avec elle des relations étranges, à la fois proches et distantes ; il ne savait ni lui parler ni lui manifester ses sentiments ; il se contentait de lui remettre des chèques. Un jour, il lui apprit qu'il avait retrouvé une photographie de sa mère, une seule. Elle le supplia de la lui montrer, mais il refusa. Il la lui remettrait plus tard, dit-il, quand elle serait grande, et lui parlerait alors de sa mère.

Elle découvrit très tôt qu'il avait de nombreuses liaisons, dont une apparemment profonde et durable avec une certaine Myriam qui habitait Paris, qui venait quelquefois, l'été, à La Ciotat, et dont elle fit la connaissance. Il emmena même un jour Marie rendre visite à l'une de ses maîtresses qui avait été hospitalisée, et il se mit à vanter devant sa fille les charmes de cette femme allongée nue sur le lit...

La séquence qui suit est reliée à cet épisode ; Marie me la raconta à ce moment de son récit et je vais la retranscrire aussi exactement que possible. Elle pourrait constituer en elle-même l'amorce d'un secret et elle illustre une relation entre un père et sa fille plus fréquente qu'on ne croit.

... C'est un après-midi, Marie et son père sont seuls dans la villa au bord de la mer. Dehors, la lumière qui aveugle, la chaleur écrasante du plein été, le bruissement lancinant des cigales. Lui, il est allongé sur un divan, les yeux mi-clos. Elle, elle va et vient dans la pièce. Il la regarde. Son visage n'est pas le même que d'habitude : « Ne reste pas debout ! Viens près de moi ! » Elle s'étend à côté de lui. Il prend son visage dans ses mains, et il la contemple longuement, sans rien dire. Elle s'étonne. Il met son bras autour de ses épaules et murmure : « Tu es belle, tu sais ! Tu ressembles tellement à ta mère... » Puis il caresse ses cheveux, son épaule et effleure son bras de ses lèvres. Elle ne comprend pas ce qui se passe. Elle voit la scène de l'extérieur, comme si elle se dédoublait. « Viens... Viens plus près de moi ! » Elle croit entendre quelqu'un venir. Elle a peur, elle veut fuir. Il la retient. Doucement, tendrement même, il met sa main autour de son cou. Alors elle se lève d'un bond et court s'enfermer dans sa chambre. Il la suit. Il veut lui parler. Elle ne répond pas. Elle reste enfermée. Toute la soirée. Toute la nuit. Ils ne reparleront jamais de ce qui s'est passé ce jour-là...

Nous ne chercherons pas encore à comprendre comment ce frôlement incestueux peut avoir un rapport avec le secret dont il est question dans l'histoire de Marie. Nous verrons cependant peu à peu, au cours de ces récits, que tout secret de famille est étroitement lié à l'inceste et au désir qui le fonde, que cet inceste ait donné lieu à un acte ou soit, le plus souvent, demeuré dans l'imaginaire et le symbolique.

Marie fit des études de médecine à Aix-en-Provence et commença à s'intéresser à la psychologie. Elle voulait alors devenir psychanalyste. On retiendra dans l'expression de ce désir le besoin inconscient d'aller à la recherche d'une vérité manquante. Une démarche exploratrice du même ordre ou d'un ordre plus métaphorique — voyages, découvertes, professions liées à la recherche ou à l'invention — se retrouve chez beaucoup de ceux qu'un important secret à leur insu concerne ; ils ont besoin d'entreprendre, et sans savoir encore pourquoi, une sorte de quête.

Lorsque le père de Marie prit sa retraite, il acheta une maison près de Manosque et s'y installa avec une maîtresse-servante, une métisse de la Martinique qu'il avait aussi appelée Marie. Il y vécut peu de temps car, très rapidement, il dut être hospitalisé en raison d'un cancer du cerveau. Il avait à peine soixante ans quand il mourut, dans des souffrances atroces. Ses escarres étaient si profondes qu'on voyait les os à nu au fond des crevasses de chair. L'oncle et la tante de Marie vendirent aussitôt la maison de Manosque, mais elle n'eut rien de l'héritage. Il y avait des dettes, dirent-ils, et ils lui firent comprendre qu'ils s'étaient suffisamment dévoués pour elle. Cependant, en triant les papiers, ils avaient découvert une photographie de Thi Lam et la lui envoyèrent. C'était une vieille photographie aux rebords dentelés, où l'on voyait une jeune Indochinoise qui tenait un bébé dans ses bras et qui souriait.

Marie vit ainsi sa mère pour la première fois. Elle n'avait en effet aucun souvenir d'elle. Mais comme elle savait que Thi Lam avait seize ans lors de sa naissance, elle s'était fait de sa mère l'image d'une jeune Vietnamienne, image qu'elle devait conserver toute sa vie sans la modifier. Maintenant encore, lorsqu'elle se représentait sa mère, elle la voyait toujours comme une femme plus jeune qu'elle.

Son père était mort sans lui avoir jamais parlé d'elle, comme il le lui avait promis, et cela lui semblait une injustice monstrueuse. Aussi, quelques années plus tard, alors qu'elle habitait Paris, qu'elle avait un mari, des enfants, un métier, et que tout dans sa vie semblait en ordre, elle décida d'éclairer le passé, d'en savoir davantage sur ce qu'avait été la vie de ses parents en Indochine. Comme l'entreprise où elle travaillait employait beaucoup d'anciens officiers reconvertis en des activités civiles, elle questionna l'un d'eux. Avait-il entendu parler du capitaine Aubert ? Pouvait-il lui faire rencontrer des militaires qui l'auraient connu ? Il lui proposa de venir à la messe des anciens d'Indochine, aux Invalides : il lui présenterait des personnes qui pourraient lui être utiles. Elle hésita et faillit même renoncer... Un tel lieu ! De tels gens ! Au dernier moment, elle se décida. Dans la cour des Invalides, après la messe, elle retrouva son officier. Il la présenta à un général qui avait un peu connu son père au quartier général d'Hanoï et qui lui promit de l'aider.

Quinze jours plus tard elle recevait du Havre une lettre : *Ma chère nièce...* Le général avait parlé d'elle autour de lui. On avait songé à un camarade de son père, le commandant Verne, qui avait épousé une sœur de Thi

Lam. On l'avait prévenu et il s'empressait d'écrire à Marie pour signaler son existence et proposer une rencontre, à Paris, au Cercle Militaire. Marie se découvrit avec stupeur un oncle, une tante, des cousins, une nouvelle famille ! La tante était une Vietnamienne d'environ soixante-cinq ans, le visage ridé, les cheveux noirs. Une fois passés les premiers moments de gêne, d'incertitude et d'émotion, elle demanda à Marie si elle avait des nouvelles de Thi Lam.

— Mais elle est morte ! dit Marie interloquée.

La tante eut un sanglot. Quand était-elle morte ? Et où ? Et dans quelles conditions ?

Stupéfaite, Marie raconta ce qu'elle savait. Le camp de concentration, l'impossibilité d'en faire sortir Thi Lam, sa mort, le départ pour la France.

— Mais non ! dit alors le commandant Verne. Ta mère est sortie du camp. Nous l'avons souvent revue, elle était libre. Et elle était encore en vie quand nous avons quitté l'Indochine, quelques années plus tard.

L'Indochine en 1945. La famine vient de faire plus d'un million de morts. Les Japonais ont facilement défait les troupes françaises. Elles sont prisonnières. Bao Daï a proclamé le droit à l'indépendance et le Vietminh a pris le pouvoir à Hanoï. On peut croire à la fin de la domination coloniale. Des camps de concentration vietminh surgissent. En l'absence du capitaine Aubert, prisonnier des Japonais, sa compagne et sa fille ont été déportées à Cao Bang. Elles ne pourraient en sortir que si un Européen, père, mari ou concubin, en faisait la demande et, surtout, versait une rançon. Dès sa libération, le capitaine accomplit les formalités nécessaires pour faire libérer sa fille. La Croix-Rouge, on l'a vu, lui avance même l'argent. Mais il refuse d'intervenir en faveur de Thi Lam. Il abandonne sa compagne vietnamienne et part avec sa fille pour la France.

La sœur de Thi Lam eut sans doute davantage de chance. Le lieutenant Verne la fit sortir du camp et l'épousa en arrivant en France. Elle rêvait toujours de retourner au Vietnam, de retrouver sa sœur et de la ramener avec elle. Au début, elle avait essayé de reprendre contact avec le capitaine Aubert, mais celui-ci n'avait jamais répondu — on comprend pourquoi.

Telle était la vérité que son père et sa famille avaient dissimulée à Marie pendant plus de quarante ans.

Cependant il manquait encore de connaître un épisode de cette histoire pour achever d'en délivrer le secret.

On se souvient de cette maîtresse du capitaine qui s'appelait Myriam et que Marie avait quelquefois rencontrée. Elle vivait toujours, elle habitait Paris. Marie décida d'aller la voir. Myriam la reçut avec autant de tendresse et d'affection que si elle avait été sa propre fille et lui raconta ce qui s'était passé. Le capitaine Aubert avait été le grand amour de sa vie ; ils s'étaient connus avant la guerre, ils s'étaient aimés, ils avaient vécu ensemble, elle avait même été enceinte de lui mais avait dû avorter. Lorsqu'il était parti pour l'Extrême-Orient, au début de la guerre, elle lui avait dit qu'elle attendrait son retour. « Et si j'ai, là-bas, une aventure... et même un enfant ? », lui avait-il demandé en riant, pour la taquiner. « Je ne te pardonnerai pas de ne pas le ramener. Je t'attendrai », avait-elle répondu gravement. Il était parti. Une femme qui l'aimait l'attendait en France. Ce fut très long. Beaucoup plus long qu'ils n'avaient pu l'imaginer. Jacques Aubert était enfin revenu, six ans après, avec sa fille, pensant qu'elle trouverait en Myriam une autre mère. Il n'y avait bien sûr pas de place pour Thi Lam !

Seulement, lorsque le capitaine était arrivé en France, il avait découvert que Myriam était mariée. Elle avait aussitôt engagé une procédure de divorce car elle voulait vivre avec lui. Il avait refusé. Quelque chose en lui s'était brisé. C'était, après la tension de la guerre et le fracas des armes, comme un désenchantement. Peut-être une nostalgie... Il laissa la petite Marie à Marseille, aux bons soins de sa famille.

Et maintenant, si longtemps après, Marie imaginait qu'il y avait peut-être encore au Vietnam une vieille femme qui était sa mère et qui se demandait ce que sa fille était devenue.

Il semble que nous disposions ici de toutes les explications nécessaires et que le secret, ses origines, son cheminement et son aboutissement soient tout entiers éclaircis. Pourtant, c'est maintenant que les interrogations doivent commencer.

Pourquoi cette dissimulation ? Et d'abord, qui sont ces gens ? Qui est ce capitaine, si brutal et si misérable, entouré de femmes qui toutes, mère, fille, maîtresse ou servante, s'appellent Marie, prénom sacré, objet de tant d'adoration et de dévotion filiales ? Quel chagrin ou quelle colère tente donc de se frayer dans sa vie un chemin ? Quel amour a-t-il abandonné là-bas, en Indochine, et dont il a la nostalgie déchirante ? Qui est cette grand-mère dont la petite-fille porte le prénom et qui fait disparaître les photographies ? Ne la voit-on pas, l'ogresse, se dissimuler dans l'ombre et poindre son museau carnassier ?... Si nous en savions davantage sur les personnages, nous commencerions peut-être à soupçonner ce qui était ici à l'œuvre et dont nous ne voyons encore que l'écume : des passions et des désirs qui se meuvent obscurément dans cet étrange espace de vie qu'on appelle une famille.

On peut tout de même imaginer cet officier dévoré par une mère toute-puissante qu'il n'a jamais pu réellement quitter et à qui il essaie toujours d'obéir. Dans ses comportements avec sa congaye, ses maîtresses ou sa fille, il apparaît en tout cas singulièrement dépourvu de loi intérieure. Il ne tient pas debout. Les règlements militaires lui servent seuls de squelette et de cuirasse et, à la fin, les métastases auront raison de lui : prolifération du désordre qui dévaste ce petit chef. Il a fait payer aux autres son malheur. C'est cela, le vrai secret, celui qu'il transmet à sa fille.

Et Marie ? Qu'a-t-elle fait de sa vie en levant le voile sur le secret du père ? Une autre histoire pour elle a commencé, et qui n'est pas moins mystérieuse. Elle aura toujours à chercher la loi absente du père et le corps de la mère disparue — tant il est vrai que le dévoilement du secret conduit toujours ceux qu'il concerne vers d'autres aventures...

Et en effet, il y a quelques mois, comme j'étais allé rendre visite à un ami graveur qui habite sur la butte Montmartre, je vis venir à ma rencontre, sur le même trottoir que moi, une femme brune en qui je reconnus Marie. Elle me reconnut également et nous bavardâmes un moment.

Elle me raconta que, peu de temps après notre entretien, elle était tombée malade. Une étrange maladie — je ne me souviens plus du nom exact — qui était comme un effondrement de ses défenses immunitaires et dont elle ne parvenait pas, maintenant encore, à guérir. Je la questionnai. Elle avait consulté des médecins dont la plupart ne pouvaient que prescrire des analyses et des examens, dans l'espoir de découvrir un jour les traitements appropriés à sa maladie. Elle en avait vu d'autres qui comprenaient, eux, ou faisaient semblant ; tout se passait, disaient-ils, comme si son patrimoine génétique refusait de lui fournir un certain nombre d'anticorps — mais ils ne pouvaient malheureusement rien pour elle. L'un d'eux enfin, un généraliste nourri d'une pensée moins médicale et plus humaine, lui avait fait raconter en détail sa vie et lui avait finalement conseillé d'aller au Vietnam, non pas pour rechercher sa mère ou des souvenirs de celle-ci, mais pour revenir à ses origines et retrouver, sur la terre où elle était née, les défenses immunitaires dont son organisme manquait. Seulement elle n'avait ni le temps ni les moyens de s'y rendre car il s'était passé beaucoup de choses depuis deux ans dans sa vie. Elle attendait une occasion favorable. Comme elle n'allait ni trop mal ni trop bien, rien ne pressait vraiment.

Il y a déjà dans « L'officier sans loi », claires ou encore sous-jacentes, quelques-unes des lois qui organisent le secret de famille et que l'on trouvera développées au fil des histoires.

Le secret a presque toujours pour caution le bien et la tranquillité de l'enfant : pourquoi faire souffrir la petite Marie avec l'évocation d'une mère lointaine ? Il est en réalité construit pour le confort et la sécurité d'adultes sans consistance. Une famille morte de peur et de bêtise comme celle qui est présentée ici est le terreau idéal de toutes les dissimulations sordides.

Un secret en cache toujours un autre. Il trouve toujours son origine en amont de la dissimulation proprement dite, dans la relation que ses auteurs entretiennent avec leurs propres parents. Ici, il prend sa source dans le très profond attachement du capitaine Aubert à sa mère. Le secret est en effet toujours l'avatar d'une relation incestueuse. Ce point fondamental sera expliqué plus loin.

Des signes et des indices sont toujours disposés sur le chemin de celui que le secret concerne. Sa quête et sa découverte constituent toujours pour lui, au-delà du choc de la découverte et de la révélation, le point de départ d'un cheminement psychique. En effet, qu'il se révèle brutalement ou qu'il ait au contraire fait l'objet d'une longue recherche volontaire, le secret apparaît toujours comme une étape dans le chemin de la vie. Sa révélation oblige à reconnaître une blessure, un manque et, selon le point où l'on est de sa vie, à achever ou à commencer le deuil des illusions d'amour, des vieilles et pourrissantes et mortelles amours qui empêchent de vivre et d'aimer.

Peut-être la vie n'est-elle rien d'autre qu'une longue initiation, la quête du secret de nos origines. De qui sommes-nous les enfants ? En ce sens, le secret est constitutif de l'être, de la personne, comme il est constitutif du cosmos. Secret de famille, secret du monde. L'un comme l'autre, l'un et l'autre, infinis.

On commence donc à l'entrevoir : même si elles se donnent des allures de roman policier, les histoires de secret de famille ne s'épuisent pas avec la découverte du délit et des coupables.

L'histoire de Damien

De ma place, à la brasserie, je ne voyais habituellement que les petits alignements de fausses plantes vertes qui décoraient la salle. Ceux que j'appelais mes interlocuteurs regardaient, eux, de l'autre côté de la rue, la façade bistre d'un immeuble en pierres de taille dont les hautes fenêtres noires et leurs vitres sales révélaient la déshérence. J'imaginais que c'était peut-être l'héritage de quelque famille dont les enfants se livraient depuis longtemps bataille : ils s'étaient contraints à une indivision qui avait pour chacun l'avantage d'interdire aux autres la jouissance de ce bien défendu — le corps et l'amour des parents disparus — et de se consoler ainsi de n'avoir pas été suffisamment aimé. Mes fournisseurs de secrets fixaient cette bâtisse. Ils ne la voyaient pas. Ils parlaient. Ils se laissaient aller à leurs souvenirs, à leur peine quelquefois, plus rarement à leur colère.

Comparée à d'autres, plus longues et complexes, l'histoire de Damien apparaîtra peut-être trop simple et dépouillée. Ce fut cependant grâce à elle que j'eus pour la première fois soupçon de l'étrange pouvoir enclos dans le secret : un sortilège jeté sur la vie et qui en ordonnerait le déroulement de façon si contraignante que le hasard même en serait exclu.

Elle était vendeuse dans un magasin du quartier et, comme elle habitait une lointaine banlieue, la conversation s'étira un long moment sur la difficulté des transports dans la région parisienne. Elle portait un chandail à col roulé rouge vif, une jupe noire assez courte, des bottes, et elle était plutôt jolie. Son regard quêtait sans cesse mon approbation — par timidité sans doute — et je prenais garde à ne pas l'effaroucher par des questions trop directes.

Elle parlait vite, les mâchoires serrées, par petites phrases dures qui semblaient sans appel et qu'elle soulignait du tranchant de la main.

Elle s'appelait Nicole et elle était née, juste à la fin de la guerre, dans un petit village de la Brie. Son père était ouvrier agricole et sa mère domestique chez les Champdeuil, de gros céréaliers comme il en existait encore en ce temps-là, travailleurs, riches, méchants et malins. Le père, la mère et les trois petites filles habitaient, à l'extrémité du village, une misérable baraque où l'on mourait de froid l'hiver et de chaleur l'été, et où il pleuvait en toute saison si bien que l'on devait étendre des bâches au dessus des lits. La mère s'était arrêtée de travailler pour s'occuper des enfants. Mais comme elle savait faire les piqûres, elle allait dans toute la région et par tous les temps, de nuit comme de jour, à la façon d'une infirmière. Seulement elle était toujours fatiguée, toujours malade, et elle toussait beaucoup. Pourtant, malgré la misère et la vie difficile, Nicole n'avait pas souvenir d'avoir été vraiment malheureuse. « C'était parce que nos parents nous aimaient, disait-elle. Ils se sont toujours dévoués pour nous. » Ainsi se rappelait-elle avec émotion la poupée qu'ils lui avaient offerte pour ses six ans, une grande poupée blonde et qui fermait les yeux. Puis sa mère avait dû être hospitalisée. La tuberculose. On l'avait envoyée à la montagne, en Haute-Savoie, dans un sanatorium où elle devait rester près de huit ans. Comme le père ne pouvait s'occuper seul des trois filles, elles s'installèrent chez leurs grands-parents maternels, Alphonse et Louise, qui habitaient le même village. Alphonse était ouvrier de culture et Louise faisait les lessives pour les gens du pays.

C'était une femme encore jeune qui n'avait pas seize ans à la naissance de sa première fille (la mère de Nicole), en sorte que les derniers de ses huit enfants avaient le même âge que ses petites-filles... Il faut ici prendre le temps de se représenter les choses et comprendre que certains oncles et tantes de Nicole pouvaient avoir le même âge qu'elle, voire être plus jeunes encore. Vu de l'extérieur, ce n'est pas évident. Sans doute ne l'est-ce pas non plus à l'intérieur... et on entre facilement ici dans une certaine confusion.

Un jour, enfin, les enfants et les parents se trouvèrent de nouveau réunis. Ils avaient obtenu un logement dans une HLM et ce fut pour eux le paradis. A vingt ans, Nicole était vendeuse dans un Prisunic, et ce fut au bal qu'elle rencontra Pierre qui était ouvrier dans une fonderie. Ils se fréquentèrent quelque temps puis se marièrent après avoir convenu entre eux de ne rien se dissimuler : celui qui ferait un faux-pas aurait le courage de le dire à l'autre. Ils restèrent mariés dix ans. A la fonderie, Pierre conduisait le pont roulant et travaillait de nuit une semaine sur deux ; c'était un travail dangereux, il y avait souvent des accidents. Aussi avait-il prévenu sa femme que si un jour il n'était pas rentré à cinq heures du matin, c'est qu'il lui serait arrivé quelque chose de grave.

Une nuit de mars, pour la première fois, il ne rentra pas à l'heure habituelle et Nicole fut saisie d'une grande inquiétude. Elle partit à pied pour l'usine qui se trouvait très loin, en dehors de la ville. Il faisait froid, les prés étaient blancs de givre. A l'entrée de l'usine, le gardien lui assura qu'il n'y avait pas eu d'accident et qu'il avait même vu son mari sortir à l'heure normale. Elle rebroussa chemin et rentra chez elle, fit du café et attendit. C'était un samedi matin. Lorsque son mari arriva, elle exigea des explications. Il refusa d'abord de répondre, puis avoua qu'il revenait de chez une autre femme. Elle lui demanda de choisir : cette femme ou elle, Nicole. Comme il ne parvenait pas à prendre une décision, elle saisit quelques-unes de ses affaires, les jeta sur le palier et lui montra la porte. Il haussa les épaules, comme si cela n'avait pas d'importance, et s'en alla. Il revint le lundi matin avant de se rendre à son travail. Elle avait disposé ses bleus sur la rampe de l'escalier et refusait d'ouvrir. Il se mit alors en colère et commença à taper à coups de poings contre la porte et à insulter Nicole : « Putain ! Tu es la fille d'une putain ! Et d'ailleurs ton père n'est même pas ton vrai père ! » Lorsque Nicole entendit ces mots, elle tomba à genoux et se mit à pleurer, et elle se souvint qu'à l'école déjà, quand elle était petite, les enfants lui avaient dit quelque chose qui ressemblait à ça.

Par la suite, sans en parler à personne, en regardant les dates sur le livret de famille de ses parents, elle avait vu que son père et sa mère s'étaient mariés longtemps après sa naissance. Et une de ses tantes lui avait confirmé que son père n'était pas son vrai père. « Cette vérité, me dit-elle, je la connaissais depuis toujours, et pourtant c'était comme si j'avais voulu l'oublier. »

Cette phrase, je l'ai souvent entendue : la révélation du secret est rarement une absolue surprise. On s'aperçoit alors que la vérité avait toujours été présente, à fleur de conscience. « Je le savais ! », disent ceux pour qui elle vient de surgir. Et beaucoup de signes, de faits, d'indices jusqu'alors épars, se rassemblent, s'ordonnent, prennent un sens. Il se peut qu'il y ait une préscience, une préconscience du secret, et que les signes se soient accumulés sans prendre leur signification complète. Il se peut également, comme ici, que le savoir ancien ait été oublié, occulté, par une inconsciente mesure de protection.

Savait-elle qui était son véritable père ? Sa tante lui avait dit qu'elle le connaissait. Qu'il vivait toujours et habitait le village où Nicole était née. Mais elle lui avait dit aussi qu'elle ne lui révélerait jamais son nom. N'avait-elle pas essayé de la questionner davantage ? Non, elle n'y tenait pas. Et ses sœurs, que savaient-elles ? Elles n'en avaient jamais parlé entre elles.

Il y eut un silence. Elle parut faire effort, comme si elle cherchait d'autres souvenirs.

— Je ne sais pas si ça vous intéressera, dit-elle enfin, mais j'ai aussi appris, toujours en regardant les livrets de famille, que ma grand-mère Louise s'était mariée elle aussi cinq ans après la naissance de ma mère. Alphonse n'est donc pas le vrai père de ma mère. J'en ai eu également confirmation par ma tante.

— Votre mère le sait-elle ?

— Je l'ignore. Je n'ai jamais parlé de cela, ni avec elle ni avec ma grand-mère. Il ne faut pas parler de ces choses en famille.

A travers cette conversation apparaissent plusieurs grands thèmes propres au secret de famille.

Le premier, qui constitue comme la gangue naturelle du secret, c'est le : « On ne parle pas de ça en famille ! On ne parle de rien ! » Pour ne pas risquer un éclat, on l'aura compris, pour ne pas risquer l'éclatement de la famille. Ce thème a un corollaire qui va apparaître à la fin de l'histoire de Nicole et qu'on pourrait appeler « célébration de la famille ». Célébration qui masque, on l'imagine, une douloureuse fragilité. Il n'est pas inutile de l'évoquer ici, au risque d'une apparente digression, car il illustre bien les déguisements qui drapent avantageusement l'innommable — le secret. Toutes les familles ont besoin de se protéger.

Ainsi, enjoliver et magnifier leur histoire est une opération à laquelle elles se livrent parfois avec ardeur. Elles trouvent généralement en leur sein un préposé — retraité de préférence, car il faut pour cela du temps — qui se lance vaillamment dans la recherche et la reconstitution historique. Deux voies s'ouvrent à lui. Ou bien, et c'est le cas le plus fréquent, il se borne à dresser l'arbre généalogique de la famille en essayant de remonter le plus loin possible et en soignant la calligraphie, ou bien il se fait hagiographe et rédige alors une histoire qui ressemble à une de ces miraculeuses vies des Saints qu'on lisait autrefois dans les écoles. Nous en connaissons tous. Ce sont des composts d'anecdotes tragiques ou amusantes, de portraits flatteurs, d'historiettes et de bons mots à travers quoi le bonheur de vivre en famille finit toujours par triompher. Agrémentée de photographies et de lettres heureusement retrouvées, cette œuvre occupe facilement quelques centaines de pages reliées en autant d'exemplaires qu'il y a de membres de la famille qui comptent pour quelque chose. Ces charmants monuments érigés en toute simplicité et bonne foi sont naturellement des masques, des mensonges par omission. Il faut cependant en encourager la confection. Voici pourquoi.

Sans doute dans un premier temps peut-on craindre que ces arbres et ces chroniques n'assument, en remplissant un vide ou en amusant de légitimes curiosités, qu'une simple fonction de dissimulation ; ils peuvent même dissuader de recherches plus sérieuses. Mais on en découvrira très vite les lacunes : des contradictions de noms et de dates, des membres de la famille, et même des branches entières, disparus, passés à la trappe d'une humeur historique vagabonde... Pas si vagabonde que ça ! Les blancs et les vides, les terres inconnues, on les voit alors, pour ainsi dire, apparaître. Ces documents deviennent, en raison même de leur imperfection, de merveilleux indicateurs. Ils suscitent le questionnement. Pourquoi ne connaît-on pas celui-ci et ceux-là ? Pourquoi n'avons-nous jamais entendu parler des Untel ? Pourquoi ces prénoms se répètent-ils sans cesse ? Pourquoi ? Pourquoi ?... Ils ont dès lors une fonction de révélation. Les secrets se dissimulent toujours dans les blancs de la vie et des textes.

Ce double mouvement : dissimuler-révéler, est celui-là même qui constitue, nous le verrons, l'essence du secret.

Un autre thème de base apparaît, je l'ai dit, dans l'histoire de Nicole. C'est celui, beaucoup plus étrange et beaucoup plus important, de la répétition qui sera spectaculairement à l'œuvre dans « L'histoire des filles fleurs ». On voit souvent se reproduire, d'une génération à l'autre, des comportements ou des situations identiques. Ainsi la mère de Nicole ne connaissait pas son véritable père ; sa fille ne connaîtra pas non plus le sien. Quel est l'objet de cette étrange répétition ? Il semblerait qu'une magie chemine, insistante, pour que peut-être vienne au jour on ne sait quel secret plus profond, que soit enfin dénoué un mystérieux conflit, qu'une faute, une faille, un manque soit repéré.

On ne répète que ce qui n'a pas été entendu — jusqu'à ce que ce soit entendu...

Revenons à l'histoire de Nicole.

Elle reprit le récit de sa vie à l'endroit où elle l'avait laissé : sa séparation d'avec son mari.

Ils avaient divorcé. Elle avait rencontré un autre homme qui était venu habiter chez elle et dont elle avait attendu un enfant. Mais comme à ce moment-là cet homme voulait prendre la gérance d'un café et ne souhaitait pas s'encombrer d'un marmot, il avait proposé à Nicole de le « faire passer ». Elle avait refusé, elle avait ouvert la porte toute grande, lui avait fait signe de s'en aller et, puisqu'il semblait ne pas comprendre, elle avait pris ses affaires et les avait jetées sur le palier. Il était parti. Cette scène en rappelle naturellement une autre... et l'on peut se demander quel est le but de cette répétition. De quelle colère, ou de quelle vengeance s'agit-il ?

Nicole avait donc élevé toute seule son fils et lui avait donné son nom.

Et ce fils, savait-il, lui, qui était son père ? Il le lui avait demandé un jour, en effet, et elle lui avait raconté ce qui s'était passé. Plus tard il avait voulu savoir son nom et elle le lui avait dit. Elle lui avait expliqué aussi que, par la suite, s'il le désirait, il pourrait aller le voir... Mais elle l'avait averti : « Le jour où tu rencontreras ton père, c'est que tu auras choisi de me quitter, moi, et pour toujours. Ce sera lui ou moi. » Il lui avait répondu : « Puisqu'il ne voulait pas que je vienne au monde, mon père, je n'ai pas besoin d'aller le voir ! »

Et en évoquant ce monstrueux chantage elle avait comme un sourire. Un contentement. Et aussi un geste des mains, comme pour tenir quelque chose bien serré entre ses paumes.

— Quel âge a-t-il, maintenant, votre fils ?

— Il vient d'avoir douze ans, dit-elle avec une évidente fierté.

— Et comment s'appelle-t-il ?

— Damien. C'est un prénom que j'ai trouvé dans un livre et qui m'a plu.

Elle regarda sa montre. Il lui fallait partir. Elle prit son sac et se leva.

— Vous savez, me dit-elle alors avec une grande conviction, quand je songe au passé, je vois que tout le monde dans ma famille a d'abord pensé à ses enfants. Mes parents se sont sacrifiés pour nous. Nous nous aimons tous. Tant que nos parents seront là, nous serons heureux. Parce que le plus important, dans la vie, c'est de s'entendre en famille...

Elle insistait, répétait à n'en plus finir les mêmes phrases, comme si elle avait eu besoin de se convaincre elle-même. Et moi, j'imaginais le petit Damien, écartelé entre sa mère et son père, victime d'un obscur règlement de comptes entre les pères et les filles. On sait que Damien est aussi le nom de cet homme qui frappa Louis XV et qui fut en place de Grève horriblement supplicié.

Le faux frère

Au début, j'avais pensé que les détails de la vérité historique, les anecdotes et les traits de caractère constituaient les illustrations indispensables pour rendre compte de la naissance, de la vie et de la divulgation du secret. J'ai même été tenté par les reconstitutions réalistes, les son et lumière du passé intime où les acteurs des drames de famille revivraient sous les projecteurs les scènes crucifiantes. Le seigneur en longue talare au pied de son donjon, la dame à sa fenêtre tout en haut de la tour et les enfants qui s'entre-tuent au bord des douves pour les beaux yeux de leurs parents. Merveilleusement proche et indifférente, la voix *off* du conteur aurait raconté en quarante minutes dix siècles de la vie d'un ménage, avec le descriptif des meubles, les horaires des transatlantiques, les gastronomies locales et, en prime, l'encyclopédie de tous les efforts déployés depuis quarante millions d'années pour obtenir l'amour et le pardon des morts.

J'aurais rencontré des spécialistes, interprété les taches du soleil et la conjonction des contraintes sociales, interrogé à mon tour le Sphinx qui aurait raconté avec complaisance les aventures de l'humain dans l'obscurité du monde, cet étrange, lent et insoupçonnable tâtonnement d'amibe désirante qui lance sans cesse ses pseudopodes vers le jour.

Puis j'ai compris que rien de tout cela n'était nécessaire ni important, et que l'histoire n'était pas seulement ce que ses cotillons donnaient à voir.

Dans le récit qui suit, il n'y a en effet que l'essentiel : la violence des sentiments et des désirs, toute pure, toute crue, débarrassée des apparences. Cela se passe de tout commentaire.

Il était vieux, il avait les cheveux blancs, la peau hâlée, les traits burinés, l'air têtu et taciturne. Un ami lui avait parlé de moi. Il savait que je cherchais des histoires de famille. Il avait voulu me rencontrer. Il avait été le témoin, me dit-il, d'un secret assez étrange.

Langon est une petite ville en amont de Bordeaux, sur la Garonne. La famille Genest y possède une très ancienne fabrique de biscuits, *Les langues de Langon* , dont on voit déjà la réclame dans *L'Illustration* au début du siècle.

Dans les années cinquante, Lucien Genest dirigeait l'entreprise mais, plus soucieux de la qualité de sa propre vie — consacrée pour l'essentiel à la pêche et à la chasse —, que des honneurs ou des succès économiques, il laissait à sa femme Amélie, de cinq ans plus âgée que lui, le soin de diriger l'affaire. Elle était quant à elle tout à fait consciente de sa mission et de ses droits, et capable de les faire valoir dans tout Langon et même dans la France entière. Elle avait le sens du devoir et des convenances chevillé au corps, elle était dure, elle avait de l'ambition et elle possédait une disposition naturelle pour le calcul et la gestion. Le cœur froid, elle était absolument incapable d'un élan, d'un enthousiasme ou d'un amour. Elle n'aimait pas son mari qu'elle avait épousé pour de claires raisons de convenance sociale, et il le lui rendait bien.

Telle était la terrible Amélie Genest, née Cazaux.

De tels personnages se rencontrent dans presque toutes les familles à un certain stade de leur développement. Contraints par la nécessité de réussir, aidés par leur folie de l'ordre et leur sens de l'organisation, ils font prospérer leur tribu et lui permettent d'accéder à un niveau social supérieur ; mais en même temps ils la fragilisent, ils y suscitent un certain nombre de désordres qui se révèlent plus tard avec quelque violence.

Les Genest eurent un unique enfant, René, qui naquit en 1950 et sur lequel Amélie reporta tout l'amour dont elle était capable. Elle l'entoura d'une attention et d'une protection farouches, jusqu'à l'étouffer, et le petit René devint véritablement l'objet, le godemichet de sa mère. On l'appelait le roi René. Sans doute son père était-il un autre roi... mais il vivait très loin, dans une autre contrée du monde et son pouvoir ou son exemple ne menacèrent ou n'aidèrent jamais l'enfant dont le destin était pour Amélie tout tracé. Il n'aurait qu'à aimer sa mère et la biscuiterie et à vivre entre elles deux l'essentiel de sa vie. Naturellement, il épouserait un jour quelque jeune fille de la bonne société bordelaise qui lui donnerait des enfants. Amélie se voyait déjà grand-mère, reconnue dans tout le département de la Gironde, et même au-delà, pour sa réussite sociale, économique et maternelle.

Le temps passait. Le biscuit se vendait. Lucien chassait. René grandissait.

En 1970 il avait vingt ans et poursuivait de vagues études à Bordeaux, quand il fit la connaissance de Josette, dont le père était un petit entrepreneur de maçonnerie dans la ville voisine de Bazas. Amélie vit d'un très mauvais œil les fréquentations de son fils car elle avait pour lui de bien plus hautes ambitions. Aussi devint-elle, lorsqu'il fut entre les deux jeunes gens question de mariage, folle furieuse :

— Moi vivante, tu n'épouseras jamais cette fille ! Elle ferait ton malheur et le mien, tu peux me croire ! Et d'ailleurs, on ne sait même pas qui est sa mère !

Car il était vrai que Josette avait perdu sa mère quand elle était toute petite. Amélie fit donc tout ce qui était en son pouvoir pour essayer de rompre la liaison de son fils avec cette fille. Elle y mit tout l'acharnement et la ruse dont elle était capable. Il y avait là une menace fondamentale, propre à ruiner ses projets et sa vie. Elle avait alors quarante-deux ans ; son mari avait cessé d'avoir pour elle une existence d'être humain et elle ne vivait que par l'entreprise et l'amour forcené qu'elle portait à son fils.

Il arriva ce qui devait arriver. Josette fut enceinte et elle le dissimula le plus longtemps qu'elle put. La situation était banale. Elle allait prendre un tour qui l'était moins. Dès qu'elle apprit la nouvelle, désespérée, Amélie imagina un étrange scénario. Elle obtint d'abord de son fils qu'il renonce à aimer et à épouser Josette. Ce fut chose facile car il ne pouvait s'opposer au désir de sa mère. Comme il était trop tard pour songer à un avortement en Suisse ou en Angleterre, elle fit disparaître Josette et l'installa à Paris, dans un petit appartement du XVIIe arrondissement. René resta à Langon.

Trois mois environ avant la date prévue pour l'accouchement, Amélie disparut brusquement et la rumeur courut qu'elle avait dû être hospitalisée à Paris. En fait, elle se trouvait aux côtés de la pauvre Josette. Elle attendait la naissance de l'enfant. Elle avait mis son fils et son mari au courant de son projet et leur avait fait solennellement jurer de ne jamais rien révéler. Le moment venu, elle accompagna Josette à la clinique. Comment se débrouilla-t-elle alors pour parvenir à ses fins ? Nul ne le sait. Sans doute lui fallut-il obtenir l'accord de Josette — qu'elle manipulait et terrorisait à sa guise en lui représentant l'horreur de sa condition de fille-mère —, et disposer de quelque complicité dans les services de la clinique.

Le petit Jean-Paul vint au monde. Et Amélie parvint à le faire déclarer à l'état civil comme son propre enfant : *fils de Lucien Genest et d'Amélie Genest, née Cazaux, son épouse*.

Quelques semaines plus tard, elle revint avec lui à Langon. On pourrait toujours se gausser d'elle ou dauber sur l'identité du père, elle n'en avait cure ! Au contraire ! Ce scandale mobiliserait les racontars sur une fausse piste, car personne jamais ne songerait à mettre en cause l'identité de la mère. La pauvre Josette avait été grassement dédommagée, à tout jamais intimidée par une horrible menace de chantage, et on l'avait expédiée à l'autre bout de la France en lui souhaitant de trouver un mari.

René devenait ainsi le frère aîné de son propre fils. Celui-ci avait ses grands-parents pour parents et il portait le même nom que son vrai père... Tout restait donc dans la famille. Amélie avait évité que son fils ne la quittât pour une autre femme, et surtout pour une femme de condition inférieure. Il demeurait libre : il pouvait consacrer sa vie à sa mère. Elle avait un nouveau bébé pour elle toute seule. Elle avait même un enfant de son fils — ce qui est bien la plus naturelle façon d'être grand-mère ! René restera vieux garçon, dans l'ombre de sa mère, et s'occupera vaguement d'une biscuiterie plus florissante que jamais, le père ira un peu plus souvent à la pêche et à la chasse et le petit Jean-Paul grandira entre ses parents et son grand frère.

Il a aujourd'hui vingt ans. Il ne sait rien. Personne ne saura jamais rien.

L'homme avait achevé son histoire. Je me penchai vers lui. Il y avait tout de même quelqu'un qui savait. Puisqu'il me racontait l'histoire.

Il secoua la tête avec une expression de grande lassitude.

— J'ai changé les lieux et les noms, dit-il.

Et je compris alors qui était ce vieil homme. Il avait juré. C'était aujourd'hui sa façon de se débarrasser de ce secret trop lourd après vingt ans de silence. Quelque chose d'opaque pesait sur nous. J'imaginais une grande villa dominant la Garonne, une terrasse toute blanche, à midi, et quatre personnes assises autour d'une table, immobilisées pour toute la vie dans le mensonge. Et il me semblait entendre l'impossible dialogue des enfants et des parents qui se poursuivait dans l'invisible.

Un parâtre

Principale héroïne de ce roman familial, Charlotte naquit vers 1900 à Paris. Ses parents étaient de condition modeste. Le père était un obscur petit fonctionnaire du ministère de l'Agriculture, homme de devoir, rigide, sentencieux et bête. Je ne crois pas qu'il ait jamais porté la moindre attention à sa fille, car toute sa considération allait à son fils aîné, Victorien, idole de la famille, qui était, lui, pourvu d'un destin véritable : il ferait un beau mariage et aurait une belle situation. Charlotte admirait son grand frère et semblait résignée à ce que son propre avenir se définisse de lui-même, naturellement pour ainsi dire, et sans que personne eût à s'en occuper, comme s'était réglé le destin de sa mère, personne insignifiante et terrorisée par l'autorité imbécile du père de famille. Mais, bien sûr, elle rêvait d'un héros.

Une ombre à ces espoirs. Cette famille portait un nom difficile et qui allait le devenir plus encore avec la guerre — au point que le père introduisit une requête auprès du Conseil d'Etat en vue d'obtenir une modification d'état civil. Ils s'appelaient Boche. On imagine l'énergie que Victorien et Charlotte durent dépenser, la guerre venue, pour résister aux sarcasmes et préserver leur identité.

Il faut signaler l'importance des noms et des prénoms dans les affaires de secret. Pour les patronymes, cela va à peu près de soi : notre culture nous autorise à admettre qu'ils jouent un rôle dans notre vie et que nous les représentons autant qu'ils nous représentent. On comprend qu'une fille Boche a quelques efforts à faire.

Cela est moins évident pour les prénoms. Pourtant les péripéties multiples auxquelles leur choix donne lieu montrent assez que cette détermination est loin d'être innocente. C'est par le prénom que le petit enfant commence à se reconnaître et à découvrir la façon dont il est relié à ses parents. Dans cette vibration de syllabes qui l'émeut tout entier, il capte tout ce que l'inconscient parental a mis derrière son prénom.

Parce qu'il emprunte d'abord à la mode, le prénom révèle l'appartenance à une classe, à un milieu, à une caste, ainsi que les désirs de conformité ou, au contraire, de distinction. Un grand rôle est ensuite dévolu à l'imaginaire du prénom, à ses connotations culturelles, historiques ou religieuses qui peuvent n'être pas toutes conscientes mais qui agissent avec une grande force et font dire qu'on aime ou non tel ou tel prénom. Aussi ne faut-il pas être grand clerc pour saisir qu'une famille qui, à la fin du XIXe siècle, appelle son fils Victorien a besoin de revanche et de victoire — celles de la France sur l'Allemagne, et c'est pourquoi le prénom est à la mode —, mais aussi d'une revanche victorieuse sur l'obscurité de son propre statut.

Il y a ensuite tout le poids des représentations et des traditions familiales, plus importantes qu'on ne croit, maintenant encore. Transmission en ligne directe : le père donne à l'aîné son prénom, la mère donne à son fils le prénom de son propre père, et ainsi de suite. S'y adjoignent parfois les prénoms de parents plus ou moins proches ou, dans certains cas, ceux des parrains et des marraines, qui ne sont jamais choisis au hasard. Cette vie des prénoms et l'analyse de leur transmission dans la famille permet souvent d'apprécier la nature des relations, et de juger de la prégnance des sentiments ou des obligations. Certaines intentions sont lourdes de sens. Ainsi, aux époques où la mortalité infantile était importante, on donnait souvent à un enfant le prénom d'un frère ou d'une sœur morte ; on imagine la charge morbide que l'enfant épongeait en portant le prénom d'un mort.

D'autres intentions enfin sont inavouables : on donnera à un enfant le prénom d'un être cher, voire chéri en cachette...

Ainsi, toute répétition de prénom comme d'ailleurs toute étrangeté relevée dans l'arbre généalogique incitera à une exploration fouillée. Elle signale souvent des interactions fortes, passionnelles, et donc les zones obscures où dorment les secrets.

Victorien fut tué à Verdun. Pas de victoire possible. Le rêve familial s'écroulait.

Encore tout à leur deuil, à la fin de la guerre, ses parents se soucièrent de Charlotte et songèrent à l'établir. Entreprise difficile, car les hommes manquaient. Cette jeune fille apparemment docile, un peu triste mais presque jolie, savait se montrer séduisante. On arrangea pour elle un mariage avec Paul Dupont, un jeune rond-de-cuir aussi gourmé que faible et dont le nom dit assez l'anonymat. Charlotte n'en fit qu'une bouchée. Le mariage fut une catastrophe. Avec scènes, ruptures, désespoirs et confusions. Charlotte pleurait, s'enfermait dans sa chambre, s'enfuyait chez ses parents, ne savait pas si elle aimait ou détestait son mari. C'était une de ces femmes qui semblent toujours fragiles et désarmées, qui se font toujours victimes et toujours innocentes, mais qui sont indestructibles à force d'opiniâtreté. Sans doute aimait-elle le malheur. Elle rendait en tout cas son mari responsable du sien. Epuisé, désemparé, le malheureux Paul songeait au divorce mais elle ne voulait pas en entendre parler, car elle l'aimait, disait-elle, et ne voulait pas le perdre... Elle voulait seulement qu'il ne fût pas ce qu'il était !

A bout de souffle, il demanda enfin le divorce et ils se séparèrent. La procédure suivit son cours. Le divorce fut prononcé. On apprit soudain que Charlotte était enceinte et chacun comprit avec émotion qu'elle avait tenté de ce moyen désespéré pour retenir son mari. Paul cependant maintint sa décision mais accepta de reconnaître l'enfant. Charlotte demeura seule. On la plaignit beaucoup.

Puis, brusquement, alors qu'elle était enceinte de sept mois, on apprit qu'elle allait se remarier !

Elle avait rencontré Armand.

Il appartenait à une famille aussi vaste qu'une tribu, les Barbezange. Professeur au Collège de France, membre de l'Académie des sciences et physicien célèbre dans l'étude naissante des particules, le père d'Armand, Guillaume Barbezange, faisait partie du petit monde des grands savants dont la notoriété parvient à effacer l'origine — ses parents exploitaient une ferme dans l'Ariège — et transcende les clivages sociaux. Il avait en effet épousé une fille de général, petite-fille et arrière-petite-fille de généraux, propriétaires terriens, nobles de surcroît et quelque peu tarés, une femme de grande rigueur religieuse et morale. Ils eurent beaucoup d'enfants. Le savant fut pour Armand un père lointain, fabuleux et colérique, et la fille du général, une mère exigeante et injuste. Avec les grands-parents, les oncles et les tantes, les membres rapportés et les petits enfants, cette tribu en imposait. Elle avait ses contingents de militaires, d'ingénieurs, de religieuses et d'affairistes aux succès divers qui voyageaient, exploraient, mouraient ou s'établissaient. Les malheurs s'abattaient sans cesse sur eux, mais le doute jamais ne les effleurait car ils avaient la certitude d'être l'élite.

Armand faisait donc partie de l'élite, mais il n'en avait pas, quant à lui, la ferme conviction. C'était un homme que l'on disait bon, délicat, sensible, faible. On ne sait ni quand ni comment il rencontra Charlotte. Séduit peut-être par la tristesse de sa situation, il tomba amoureux d'elle et, par une miraculeuse crispation de sa volonté, se mit en tête de l'épouser. Accomplissant le projet d'ascension sociale autrefois dévolu par ses parents à son frère Victorien, Charlotte entra donc dans la famille Barbezange où Armand eut de grandes difficultés à imposer une femme de basse extraction, divorcée et enceinte de surcroît ! Charlotte subit tous les affronts et toutes les avanies, mais elle se fit irréprochable.

Odette naquit en 1922 et, selon les dispositions du Code civil, elle porta le nom de son vrai père, Dupont, le petit rond-de-cuir. D'autres enfants naîtront : Hubert, Georges, Gabrielle et Victor qui s'appelleront, eux, Barbezange. Ils découvraient très vite que les noms différaient et posaient des questions. Les parents expliquaient alors avec une grande simplicité qu'Odette était née d'un premier mariage de sa mère — ce qui était la pure vérité. Odette demanda naturellement où se trouvait son vrai père. Parti à l'étranger, lui fut-il répondu, et sans se soucier de sa fille ! Odette ne le cherchera donc jamais. Elle apprendra à être un peu différente de ses demi-frères et de sa demi-sœur. En effet, et par compensation sans doute, elle était ouvertement la préférée et bénéficiait d'un traitement privilégié. Alors que les autres enfants étaient exilés dans des collèges de province, elle demeura toujours auprès des parents. On leur reprochera ce favoritisme. La vie de famille en deviendra vite insupportable et, comme pour la fuir au plus vite, les garçons s'en iront très jeunes se marier et travailler au loin.

Conformément aux usages de la famille Barbezange, Odette fit toujours preuve d'une grande disposition pour les œuvres de bienfaisance. Elle devait surtout trouver à employer ses qualités et son dévouement dans la Résistance, et à un haut niveau d'engagement et de risques. Elle y rencontra son futur mari.

Il n'est pas inutile de parler un peu de cet homme assez mystérieux, aussi brillant que le père d'Odette, Paul Dupont, le petit rond-de-cuir, avait été obscur. Personne ne parvint à le bien connaître et encore moins à savoir ce qu'il faisait. Il portait un nom double — deux patronymes liés par un trait d'union — et cela ne laissait pas d'être étrange quand on savait que sa femme avait, en quelque sorte, deux pères ! Haut fonctionnaire attaché à la présidence du Conseil, il fut chargé de missions politiques délicates. C'était un homme exceptionnel, cultivé, mondain, mais aussi un homme de l'ombre, impliqué dans le renseignement et l'action secrète, qui faisait à l'étranger de fréquents séjours. Il disparut vers la fin de la guerre d'Algérie dans des conditions telles que sa famille ne fut pas autorisée à voir son corps.

La mort de Charlotte — la mère — survint une dizaine d'années plus tard, au début des années 70 — et c'est alors que se produisit l'événement qui a donné naissance à ce récit.

Charlotte avait été hospitalisée pour une maladie grave, et ses filles, Odette et Gabrielle, lui rendirent visite un après-midi. C'était sans doute la première fois depuis bien longtemps que les deux sœurs se trouvaient ensemble auprès de leur mère. On lui avait dissimulé la gravité de son état, mais peut-être sentait-elle que sa fin était proche.

Elle se mit soudain à regarder ses filles avec beaucoup d'attention et son visage se déforma comme celui d'un enfant qui va fondre en larmes. Elle leur fit signe de venir tout près d'elle, du même côté du lit. Alors, à voix basse, elle leur confia le secret.

Pendant cinquante ans, il avait été dit qu'Odette était née du premier mariage de Charlotte avec Paul Dupont dont elle portait le nom... Or ce n'était pas vrai !

Odette était la fille d'Armand Barbezange, conçue quand Charlotte et lui n'étaient encore qu'amants. Elle était bien la sœur d'Hubert, de Georges, de Gabrielle et de Victor. Et elle avait vécu toute sa vie auprès de son vrai père, avec la certitude qu'il ne l'était pas !

Les deux sœurs étaient bien trop bouleversées pour songer à poser des questions. Elles firent part de la révélation à leurs frères quand ils vinrent, quelques semaines plus tard, pour les obsèques de Charlotte. Ce fut pour eux tous une immense amertume. Il leur semblait qu'une partie essentielle de leur vie leur avait été dérobée. Le passé retrouvait son ordre, un autre ordre. L'histoire d'Odette se recomposait : son enfance privilégiée et son mariage avec un homme énigmatique qui portait un nom double — comme si le mari d'Odette avait été mystérieusement chargé de lui rappeler qu'elle avait deux pères et qu'il lui faudrait un jour retrouver le vrai.

Certaines choses devenaient explicables, d'autres s'obscurcissaient. Qui étaient ces parents capables d'une telle dissimulation ? Où était, alors, leur amour ? Qui était ce père qui avait renoncé à son droit et même à son nom ?... Il y avait là comme une béance. Les enfants cherchèrent le pourquoi de ce mensonge — au demeurant parfaitement légal puisqu'il est censé protéger les droits de l'enfant. Ils se demandèrent quelle avait été la contrepartie du sacrifice consenti au conformisme social. Il n'y avait pas de réponse, et il fallut très longtemps pour que les questions cessent. Ce fut une lente cicatrisation. Jusqu'à ce que, la plaie refermée, il put enfin paraître bon que le secret eût été dit. Mais leur vie à tous et les images qu'ils en avaient, ne pouvaient plus être les mêmes.

Ce secret en soi assez simple et dont on comprend les raisons en cache cependant un autre, et bien plus terrifiant.

Quel désespoir intime, quelle souffrance a bien pu conduire ce couple à accepter l'inacceptable ? Armand et Charlotte, quel contrat chacun d'eux a-t-il donc un jour tacitement passé avec sa propre famille ? Qu'a-t-il reçu en échange de ce renoncement ?

Il faut pour répondre à ces questions s'en poser une autre et s'étonner d'abord de l'extraordinaire quantité d'énergie que les familles déploient pour mettre en place un secret et le conserver. Que de contraintes ! Que de ruses ! Que de souffrances ! Et pourquoi ? Pour dissimuler des événements ou des comportements dont la banalité est extrême et qui, depuis l'origine des temps, pullulent dans les familles.

Un homme cache à sa fille qu'il est son père. Quelles sont les raisons de cette forfaiture ? Comment une telle dissimulation est-elle possible ? On se demande si le jeu en vaut la chandelle.

La réponse est oui, il n'en faut pas douter. C'est qu'il ne s'agit pas ici du respect des lois, des convenances ou des qu'en-dira-t-on. Ils ne suffisent pas à justifier tant de mensonges, tant de souffrance et de gâchis. L'enjeu est d'une autre importance. Il est ici question de vie ou de mort !

Tous les héros des secrets de famille veulent éviter à

tout prix — je dis bien à tout prix — de perdre l'amour de ceux dont l'amour leur est nécessaire ; ils veulent préserver les liens vitaux qui les relient à un père ou à une mère ou quelquefois aux deux. Le secret, c'est ce qu'il faut leur cacher ou cacher avec eux pour ne pas leur déplaire. Le secret de famille, ce n'est rien d'autre que l'histoire d'un amour et de la peur de le perdre.

L'histoire du parâtre est de ce point de vue exemplaire. Que fait réellement Charlotte en épousant Armand Barbezange ? Elle accomplit scrupuleusement le désir de son père : s'élever socialement, réussir. Ce destin avait été initialement dévolu à son frère Victorien. Trop lourde charge ! Il en meurt à la guerre. Sa sœur prend le relais ; elle n'a que faire du misérable mari que ses parents innocemment lui ont fourni ; elle sait bien mieux que son père ce qu'il veut réellement ; et il faut qu'elle l'accomplisse. Sous peine de subir le même sort que son frère Victorien ! Sous peine de mort, on le comprend bien ! Aussi est-elle prête à n'importe quoi.

Le malheureux Armand, lui, il obéit comme un cadavre à la volonté maternelle. On peut imaginer la conversation entre la mère et le fils, dans le salon des Barbezange, boulevard de La Tour-Maubourg : « Pas de scandale chez nous, mon fils ! Vous épouserez la fille puisque vous avez été assez sot pour lui faire un enfant. Mais il ne sera jamais dit que vous aurez failli. Faites-le pour nous ! Faites-le au moins pour moi, votre mère, si vous avez encore pour moi un peu d'affection ! » Peu importent les mots. Ce discours qui a la forme d'un chantage, il n'est pas propre aux mœurs imbéciles de quelque vieille famille — nous l'avons tous un jour ou l'autre entendu.

Nous savons maintenant pourquoi ils obéissent ainsi les uns et les autres. Ils veulent obtenir, mériter, conserver l'amour de leurs parents. Charlotte voudrait obtenir un regard de ce père qui ne l'a jamais considérée. Armand, conserver l'amour d'une mère qui ne l'a pas assez aimé. Alors ils parlent l'un et l'autre, le soir, sur l'oreiller. Ecoutez-les. Ils s'interrogent ; ils pleurent ; ils se demandent s'ils ont eu raison d'agir ainsi ; nul argument ne les rassure ni ne leur donne un semblant de répit. Il leur faudrait se poser la bonne question. Pour le compte de qui agissent-ils ? Le leur ou celui de leurs parents ? Ils ne peuvent pas entrevoir que les désirs qui les habitent ne leur appartiennent pas. Ils ne sont que des exécutants, ils sont piégés. Alors ils gémissent, désespérés par leur mensonge, comme des enfants punis et qui ont peur qu'on ne les aime plus.

Le secret de famille, c'est un secret d'amour. D'amour impossible. D'amour trahi. Et plutôt que d'en faire le deuil, on préfère l'illusion.

C'est là qu'il y a confusion.

Charlotte n'accomplit pas son désir mais, à son insu, celui de son père — qui le tient sans doute lui-même de ce qu'ont voulu ses parents ! Et Armand, notre pauvre Armand Barbezange, ne fera à sa mère nulle peine même légère. Il fera tout pour être aimé. La mère saisit le fils. C'est comme une possession.

Il en va ainsi pour tous les héros de ces histoires. Leurs paroles, leurs gestes, leurs désirs sont prisonniers des paroles, des gestes et des désirs de ceux qui les ont précédés. Chaque homme et chaque femme est prêt à payer au prix fort, et toujours de sa vie, l'illusion de conserver ou d'obtenir l'amour de son père ou de sa mère.

Mais nul ne le sait pour lui-même, et c'est en cela que réside le secret véritable.

Il y a au fond de tout secret de famille, dissimulée dans l'ombre mais agissante, une relation qui s'apparente à l'inceste. Le secret en cache toujours un autre : il cache toujours, directement ou indirectement, cette confusion fondamentale qu'est, pour l'humain, l'inceste.

Ils sont de plus en plus nombreux, ceux qui vont fouiller dans leurs souvenirs d'enfance, qui rédigent leurs Mémoires, font des recherches généalogiques ou écrivent l'histoire de leur famille. On prétend que c'est par besoin de sécurité, et qu'en un temps où les bouleversements font craindre à chacun de se perdre, ils éprouvent le besoin de retrouver leurs racines. Ce n'est pas entièrement vrai ! Ce n'est pas seulement par nostalgie que les gens le font ni pour se tenir à des racines. C'est bien plutôt pour mettre celles-ci à jour et pouvoir ainsi les couper ! Pour se séparer de leur ascendance ! Mais ils ne le savent pas encore.

Ceux qui ne jurent que par l'avenir et le changement sont plus que les autres prisonniers de leur passé. Ils fuient en avant. Ils croient toujours changer ou innover et ils sont condamnés à refaire les mêmes gestes, sous un éclairage et dans un décor différents. Seul leur environnement change ! Or on ne se débarrasse pas de ce qu'on ne connaît pas. On ne se libère pas des entraves qu'on ignore. On ne sort de l'illusion et du mensonge que lorsqu'on sait comment on y est entré. C'est pour cela qu'il faut mettre à jour ses racines. Afin de les voir pour ce qu'elles sont. Afin que les formes dont nous sommes nés et qui gisent dans le noir ne nous paralysent pas comme font les « revenants ». C'est parce que nous changeons, justement, que nous revenons vers le passé. Pour l'éclairer, pour le comprendre, pour le prendre avec nous et sortir ainsi de l'obscurité.

L'enfant du père

Le monde à cette époque-là était toujours à feu et à sang.

Or de quoi étais-je préoccupé ? D'obscures et minuscules aventures familiales ! De petites blessures d'amour ! D'infimes égratignures du sentiment dans la pénombre torpide des familles ! Ces histoires pourtant renvoyaient à des guerres sans nombre, à des massacres, des famines ou des pauvretés qui tuaient les gens plus sûrement que la mitraille. A peine remontai-je un peu dans les généalogies que je voyais surgir des images d'épouvante : des millions de tués, de disparus, d'exterminés, de torturés qui n'en finissaient pas de pourrir et de manquer dans la mémoire des enfants. La Grande Guerre, la révolution d'Octobre, la guerre d'Espagne, la Seconde Guerre mondiale, le Viet-nam, l'Algérie... Au milieu de ces convulsions, comme elles semblaient dérisoires, ces petites histoires de famille ! Telle absence du père véritable, tel manque d'amour, telle trahison, tel inceste, tel pieux mensonge fait aux enfants... Quelle importance ! Il s'en fallait de peu que je ne me sente coupable de m'attacher à de telles insignifiances.

Il faut, je le sais maintenant, renverser la proposition.

Et si c'était cette absence, ce mensonge, cette faille, cette faute, cet inceste, des milliards et des milliards de fois répétés qui engendraient les désordres du monde ?

La perspective change. Les victimes des guerres n'ont plus la guerre pour excuse.

Nous sommes condamnés à retourner dans notre passé pour comprendre de quelle inhumanité nous sommes encore les enfants. Ce que nous appelons notre histoire est seule à déchiffrer pour la désinvestir et pouvoir nommer l'effroyable violence qui nous a été faite ; il faut la connaître pour pouvoir se l'approprier. L'avenir nous sera donné de surcroît.

Le secret que je relate ici m'a été raconté par un de mes amis, un homme encore assez jeune en qui j'ai toute confiance.

L'histoire se déroule dans une petite bourgade des Pyrénées-Orientales dont ses parents sont originaires et où il passe habituellement ses vacances. Il y a là-bas la grande maison de famille où ne demeure plus que la tante Hélène qui a maintenant plus de soixante-dix ans. Même si sa position sociale — elle est veuve d'un médecin — la distingue des agriculteurs et artisans qui forment le gros des habitants, elle connaît tout des histoires et des ragots qui font la vie d'un village isolé entre des garrigues, des vignes et des montagnes tôt enneigées.

« Quand nous arrivions en vacances chez tante Hélène, me dit-il, la conversation portait presque tout de suite sur le village et ses habitants :

— Que deviennent les Untel ? Et celui-ci ? Et ceux-là ?

« Le moment arrivait toujours où on demandait :

— Et les Peyrol ? Et le petit Jean-Pierre ?

« Alors la tante hochait la tête avec une expression un peu triste et répondait :

— C'est toujours pareil. Gaston boit de plus en plus depuis qu'il est à la retraite. La Marthe ne bouge pas de chez elle, la pauvre, et elle regarde sans arrêt la télévision. Quant à Jean-Pierre, il va à l'école où on dit qu'il travaille bien.

« La vie si immuable, si triste, si dépourvue d'avenir et d'espoir des Peyrol et du petit Jean-Pierre nous remplissait de pitié. Nous savions qu'il était orphelin et que son père était mort dans un accident de la route quand il avait à peine un an.

« Les Peyrol habitaient dans la rue de l'Eglise. De chez nous, on voyait l'arrière de leur maison dont le jardin descendait doucement vers la rivière. Gaston Peyrol était un gros homme à la figure rouge qui avait autrefois tenu une ferme. Sa femme s'était suicidée, il avait dû abandonner l'exploitation et avait trouvé un emploi aux Ponts et Chaussées. C'est alors qu'il avait commencé à boire. Ils avaient eu trois enfants. Le fils aîné était parti très vite — en apprentissage, avait-on dit —, mais on ne l'avait jamais revu, et certains prétendaient qu'il avait mal tourné. La fille, Marthe, avait remplacé la mère et s'était occupée du dernier, un garçon qui travaillait maintenant à la Sadec, à Toulouse.

« C'était une fille blondasse et molle, qui n'avait même pas son certificat d'études. Elle ne faisait rien. Elle s'occupait vaguement de son père et de son fils Jean-Pierre pour les nourrir et tenir en état leurs vêtements. Elle ne sortait presque jamais de chez elle, sauf pour quelques courses à l'épicerie et à la boulangerie et elle profitait d'une occasion pour aller de temps en temps à la ville faire des achats plus importants.

« Quand nous avons été plus grands, nous avons

compris que Marthe devait être vraiment très jeune à la naissance de son fils et nous avons découvert ce que tout le monde savait. Jean-Pierre était un enfant naturel. Nul ne soupçonnait qui aurait pu être son père. Peut-être un estivant, peut-être un de ces ouvriers de l'EDF venus installer les lignes haute tension dans la montagne.

« Nous trouvions étrange que Marthe se soit ainsi enfermée, sans rien faire, dans le village. Que se passerait-il à la mort de son père, quand elle n'aurait même plus sa retraite pour vivre ? Nous pensions au petit Jean-Pierre qui croyait que son père était mort d'un accident de la route et qui ne saurait sans doute jamais la vérité. Car il était peu probable que sa mère revienne sur le mensonge initial et lui dise un jour :

— Ton père, c'était Untel qui est venu ici en telle année ! »

« Et puis l'été dernier, lors d'une soirée très douce où nous dînions dehors à la lumière des bougies, nous avons évoqué pour des amis de passage l'histoire du village et celle de ses habitants. Tante Hélène était là à son affaire. Elle savait plus de choses qu'on ne croyait, disait-elle. Dans un village comme celui-ci, tout finissait par se savoir.

« Il y avait, d'après elle, plusieurs degrés de vérité. D'abord la vérité officielle, presque légale, selon laquelle tout était à peu près en ordre, à peu près conforme à ce que devait être la vie.

« Il y avait une autre vérité, officieuse celle-là, mais plus proche de la réalité des mœurs et des intérêts. Elle ne se disait qu'à voix basse, entre gens avertis et qui savaient tenir leur langue. Ainsi tout le monde connaissait l'histoire de Marthe — une banale histoire de fille-mère abandonnée par un galant de passage et qui n'était pas bien finaude, la pauvre, pour s'enterrer ainsi avec son père et son fils.

— Et puis, dit la tante sur sa lancée, il y a encore un autre degré de vérité.

— Et lequel donc ?

— C'est celui qui touche au vrai secret. On le sait, mais on n'en parle pas. On ne se dit même pas entre nous les mots qui raconteraient quelque chose de plus intime et quelquefois de plus horrible.

— Et s'agissant de Marthe, demanda quelqu'un, que serait cette vérité ?

« Elle hésita. On la pressa de parler.

— Seules quelques personnes la connaissent. Parce qu'elles l'ont devinée. Ou parce que Marthe, un jour, l'a laissé entendre. Naturellement, vous la connaissez vous aussi. Il suffit de se poser des questions... Le père du petit Jean-Pierre, c'est Gaston Peyrol, c'est son grand-père. Il l'a fait à sa fille quand elle avait quinze ans. Souvenez-vous ! Il rentrait saoul des chantiers et elle, Marthe, elle remplaçait la mère qui venait de mourir, elle s'occupait du petit frère. On ne sait pas ce qui s'est passé ensuite entre eux, comment ils ont décidé de garder l'enfant et de ne rien dire, comment son père peut-être l'a intimidée, comment elle s'est laissée faire... Personne n'en parle.

« Elle se tut. Il y eut un silence chargé d'inquiétude et la tante ajouta alors, tout doucement :

— Peut-être y aurait-il encore à dire, maintenant, sur eux !

« Dans le jardin des Peyrol, en contrebas, on voyait la silhouette du vieux qui prenait le frais. Le petit Jean-Pierre arrosait les légumes. La lumière de la télévision bleuissait la fenêtre. »

Il ne saura rien, jamais. Un jour, il se demandera pourquoi il porte le nom de sa mère. Il posera des questions. Et il découvrira la douloureuse vérité : il est enfant naturel. Une vérité miséricordieuse qui lui cachera pour toujours l'atroce vérité de sa filiation.

La garçonne

On est habitué à ne considérer dans le secret que l'intérêt de ses auteurs, ceux qui dissimulent, travestissent, déguisent, occultent la réalité pour éviter quelque souffrance. On songe également à ceux qui ont intérêt à ce que l'obscurité persiste, les membres de la famille qui se font, pour des raisons sociales évidentes, complices de la dissimulation. On songe enfin à ceux qui ne veulent pas savoir, ceux qui se bouchent les yeux et les oreilles parce qu'ils craignent les interrogations ou les remises en cause.

On songe moins à ceux qui connaissent ou découvrent un secret et s'en servent à leur profit. Ils le révèlent, et leur révélation obéit aux lois de l'égoïsme le plus immédiat et le plus spontané. Et cependant ils servent ainsi des causes qui les dépassent.

C'est du moins ce que l'on peut entrevoir dans l'histoire de Martine.

C'était une femme d'une cinquantaine d'années, habillée d'un tailleur gris classique, un peu masculine, les cheveux courts et le visage souriant. Voici l'histoire qu'elle me raconta lors de notre première rencontre.

Au début du siècle, à Arras, tout le monde connaissait Auguste Ledoux, le fils de l'avoué. A la mairie, il avait le titre de chef et commandait les employés municipaux. Cet homme massif, autoritaire et strict avait un sens exacerbé de ses responsabilités. On le craignait, on craignait sa violence, mais on le respectait. En ce début de siècle que troublait la séparation de l'Eglise et de l'Etat, il pouvait bien se proclamer athée, personne ne trouvait à y redire, tant il incarnait les principes d'ordre et de devoir si utiles à la société.

Nul ne sait pourquoi, mais il avait toujours déclaré détester les enfants et ne pas en vouloir. Peut-être était-ce la raison qui l'avait poussé à épouser Clémence Hardouin à qui une malformation de la hanche interdisait, disait-on, d'avoir des enfants. A l'inverse de son époux, elle était catholique pratiquante, douce et réservée. Mais une semblable rigidité morale les unissait.

Or une enfant naquit — la future mère de Martine —, qu'on appela Germaine. On imagine son enfance et son éducation. La Morale, la Loi, la Religion et la Patrie se penchèrent comme de mauvaises fées sur son berceau et elle apprit à obéir à toutes les injonctions. Redoublement de mal, la Grande Guerre survint. L'adolescente attendait chaque jour des nouvelles du père mobilisé et craignait chaque jour d'apprendre qu'il avait été blessé, tué ou fait prisonnier. Aussi travaillait-elle de son mieux pour que Dieu le protège. Elle obtint brillamment le brevet supérieur. Il fallait qu'une fille si douée poursuivît ses études et, dès la fin de la guerre, Germaine alla à Paris s'inscrire à la Faculté de droit.

Elle y rencontra Henri Duchêne, un jeune homme secret, sensible et un peu taciturne qui avait sept ans de moins qu'elle. Il n'avait pas connu son père, disparu tout au début des hostilités dans des circonstances mal définies — il se serait noyé en traversant, lourdement chargé, une rivière ! — et avait été élevé de façon étouffante par sa mère, à Saint-Julien, petite ville proche de Rouen. Henri et Germaine vécurent ensemble quelques années, puis ils se marièrent, dès la fin de leurs études, à Paris, dans l'intimité. Une grande fête marqua leur installation en Normandie, dans la maison de Saint-Julien, une bâtisse carrée et blanche entourée d'un parc. Avocat, Henri s'était inscrit au Barreau de Rouen. Exemplaire banalité de la vie bourgeoise. Quatre enfants naquirent, quatre filles. Martine était la dernière. Après la disparition d'Auguste Ledoux, son mari, Clémence avait quitté Arras et était venue s'installer auprès de sa fille et de son gendre.

Au début des années 50, Germaine tomba malade. Anémie, fatigue inexplicable. Son médecin ne parvenait pas à déterminer la nature du mal. Un jour de décembre, elle s'en alla en voiture à Rouen faire les achats de Noël. La famille attendait son retour pour le repas du soir. La nuit était tombée depuis longtemps et l'inquiétude s'était installée dans la maison quand le téléphone sonna. La gendarmerie demandait à l'avocat de venir. Sa femme venait d'avoir un accident, elle avait perdu le contrôle de sa voiture dans une ligne droite, sans doute à cause d'une plaque de verglas, et elle s'était jetée contre un arbre. Elle était morte sur le coup.

L'enterrement fut civil ; on alla directement de la maison au cimetière. Les filles, dont l'aînée avait douze ans, ne posèrent pas de questions. Henri se remaria avec Simone, une avocate divorcée dont il eut deux enfants.

Telle était l'histoire en laquelle croyait Martine.

Plus tard, lorsqu'elle eut douze ans, Simone, sa belle-mère, lui révéla le premier secret. Il concernait Germaine, sa mère.

Il faut revenir à Arras, dans les années 20.

C'était le temps des années folles. Maurice Chevalier chantait *Dans la vie, faut pas s'en faire* et Coco Chanel venait de créer sa petite robe. On lisait *Le Diable au corps* de Radiguet et *La Garçonne*, le scandaleux roman de Paul Margueritte.

Germaine avait vingt-deux ans, elle se coiffait « à la garçonne », elle était jolie et séduisante ; elle avait envie de vivre. Un jour elle rencontra Louis Cervier et ce fut le coup de foudre. Ils s'aimèrent, vécurent ensemble, et bravèrent la ville en se moquant de leur réputation. Ce furent des années heureuses. Ils allaient à Paris, aux Champs-Elysées, voir la *Revue Nègre* où un Noir qui s'appelait Sydney Bechet jouait de la trompette et ils dansaient le charleston à Montparnasse où on brûlait sa vie. C'était la fête.

On imagine Auguste Ledoux à la mairie d'Arras, et la pauvre Clémence claquemurée chez elle. Aux colères, aux reproches, aux menaces avaient succédé les larmes, les regards glacés, les condamnations silencieuses. Il fallait que le scandale cesse, que ces jeunes gens se marient et que leur vie enfin rentre dans l'ordre. La pression fut terrible. Or Germaine était lucide. Louis Cervier était un compagnon délicieux, mais ce n'était pas un homme avec lequel une femme pouvait faire sa vie. Elle céda pourtant et le dit alors à des amis : « J'épouse Louis pour ne pas faire de peine à mes parents et parce que tout est préparé pour le mariage, mais je sais que ça ne marchera pas. » Ils se marièrent. Louis travaillait dans une banque, à Lille. On dira plus tard qu'il buvait, on dira qu'il avait détourné des fonds. Que faut-il croire ? Germaine abandonna très vite le domicile conjugal et obtint le divorce aux torts de son mari. Auguste Ledoux n'accepta jamais ce divorce si contraire à ses principes et interdit à sa fille de revenir chez lui ! Alors Germaine s'en alla à Paris reprendre des études et recommencer sa vie.

Ainsi s'expliquait que son mariage avec Henri Duchêne ait eu lieu presque en cachette, sans cérémonie religieuse et qu'il n'y en eût pas non plus pour les obsèques : elle était divorcée. Il aurait suffi de confronter les dates et de consulter le livret de famille pour découvrir la vérité. Mais qui dans la famille aurait pu en avoir l'idée ?

Quelques années plus tard, Martine découvrit un autre secret. Il concernait, cette fois, son père, et ce fut Clémence Ledoux, sa grand-mère maternelle, qui le lui révéla.

Henri Duchêne était ce qu'on appelait alors « un homme à femmes » ! Dès son installation à Saint-Julien et à Rouen, il avait eu de nombreuses liaisons et Germaine qui avait très vite été au courant de ses aventures ne s'était jamais résignée à la vie médiocre de mère de famille méritante et d'épouse trompée. Henri venait de faire un enfant à sa maîtresse, la receveuse des postes de Saint-Julien, tout le pays le savait et le mari avait même tenté de faire du scandale. Germaine était désemparée. L'accident était survenu. Conséquence directe de son malheur et de son désarroi, il était bien évidemment l'équivalent d'un suicide.

Tels sont les faits. Ils recouvrent des dissimulations somme toute banales — le premier mariage d'une mère et le comportement amoureux d'un père — qui ont trait l'une et l'autre à la vie sexuelle des parents. On reconnaîtra là les enjeux fondamentaux du secret de famille.

J'insisterai seulement sur la fantastique pression sociale exercée, d'Arras à Saint-Julien, pour sauver les apparences et rendre la vie conforme aux valeurs d'usage. Elle conduit Germaine au suicide, c'est-à-dire à l'impossibilité d'identifier ses propres désirs, donc de vivre. Cette violence sociale ne s'exerce pas abstraitement. A Arras, elle a une réalité : M. et Mme Ledoux (un tel nom pour une histoire semblable, ça ne s'invente pas !). On a vu avec quelle force ils essayaient de contraindre leur fille. Et on peut s'interroger. Est-ce la pression sociale qui se sert des Ledoux pour faire prévaloir sa morale, si utile à l'Eglise et à l'Industrie ? Ou bien est-ce Auguste Ledoux qui se sert des règles du bon ordre moral pour affirmer sur sa fille, lui qui ne voulait pas d'enfant, sa volonté, son désir et, il ne faut pas en douter, son amour — au moins à la façon dont il l'entendait ?

Quant à Germaine, soumise dès l'enfance à la volonté du père tout-puissant, elle ne pourra lui échapper. Son obéissance la condamne et lui interdira sans doute de vivre en femme — elle sera mère et épouse délaissée —, et même d'exister. L'obligation du mariage avec Louis qui lui fut imposée ressemble assez à la fameuse injonction paradoxale : « Fais ce que tu ne dois pas faire ! »... On se suicide pour moins que ça. Comment échapper à la loi carbonisante du Père ? Seulement en mourant. Tel est le secret de Germaine.

Quelques mois plus tard, par hasard, j'ai rencontré Martine. Elle n'aurait jamais soupçonné que, si longtemps après la disparition de ses parents, elle aurait encore à faire des découvertes. Cela semblait incroyable, et pourtant ses sœurs et elles n'avaient jamais parlé ensemble de leurs parents et de leur histoire. Or elles s'étaient récemment retrouvées toutes les quatre dans une maison amie, à la campagne. Pour la première fois, elles avaient évoqué le passé et découvert que chacune connaissait de son côté les histoires de la famille, mais sans avoir éprouvé le besoin d'en parler aux autres. Peut-être parce que chacune avait ainsi l'impression d'établir avec ses parents une relation privilégiée.

Le secret du premier mariage de sa mère, deux de ses sœurs l'avaient appris, comme elle, à douze ans. C'était, au moment de leur entrée dans l'adolescence, comme un rite initiatique. Et celle qui leur découvrait le mariage et le divorce de leur mère, c'était Simone, la belle-mère, elle-même divorcée. Il lui fallait en effet se faire une place dans cette famille où la référence à la morte était constante. En révélant le secret de Germaine, Simone disait à ces filles qui commençaient à l'affronter ouvertement : « Oui, j'ai pris auprès de votre père la place de votre mère véritable. Oui, j'ai déjà été mariée et je suis divorcée. Et alors ? Votre mère aussi a été mariée et a divorcé. Nous sommes à égalité, elle et moi. Vous ne pouvez rien me dire ni me reprocher. Surtout pas d'être indigne de prendre sa place. » Voilà en vérité ce qu'elle disait. La preuve ? Elle n'a jamais raconté l'histoire à la sœur aînée. Parce que celle-ci était déjà trop âgée et indépendante pour qu'il fût possible ou utile d'exercer sur elle une quelconque autorité.

Le secret, la sœur aînée le découvrira par hasard, quand elle aura vingt ans. Elle se trouvait un jour dans la chambre de sa grand-mère d'Arras, Clémence Ledoux, et celle-ci s'entretenait avec une amie d'un article paru dans le journal. On y parlait d'un homme qui venait d'être condamné aux assises du Nord. « C'était le premier mari de ta mère ! », avait-elle dit en se tournant vers sa petite-fille abasourdie. Car celle-ci n'avait jamais eu le moindre soupçon du premier mariage de sa mère et, pas plus que les autres filles, n'avait pris garde à ce qu'un enterrement civil pouvait alors avoir d'insolite dans leur milieu...

Martine s'était également demandé pourquoi c'était leur grand-mère, Clémence, qui avait révélé à ses petites-filles, les frasques de leur père. Il était, par son inconduite, la cause directe de la mort de Germaine et c'était la mère de celle-ci qui l'apprenait à ses filles. On peut comprendre ce qu'elle disait réellement : « Tu vois ! Ton père a tué ta maman quand tu étais encore toute petite et que tu avais le plus besoin d'elle ! C'est un monstre ! » Pourquoi le faisait-elle savoir ? Cela est moins clair. Peut-être parce qu'elle avait avec le père de Martine des relations ambivalentes faites de complicité et de jalousie, d'amour et d'hostilité. Elle vengeait sa fille, elle célébrait la vie amoureuse de son gendre, elle jetait sur lui l'opprobre, elle tentait de le séparer de ses filles... Allez vous y reconnaître !

Je n'avais rien à ajouter à ce commentaire et ne pouvais que féliciter Martine d'analyser aussi clairement la façon dont les secrets de ses parents lui avaient été dévoilés. Nous nous séparâmes et, comme elle s'en allait, je fus soudain frappé par sa silhouette, sa coupe de cheveux, sa frange. Elle s'était donné l'allure qu'avait sa mère au temps des années folles ; elle ressemblait à la garçonne !

Je ne sais ni ce qu'est sa vie ni ce qu'elle a été mais, j'en suis certain, on y trouverait des correspondances avec celle de Germaine.

J'ai souvent pensé à la petite fille d'Arras, à l'univers familial qui fut le sien et que la Grande Guerre devait encore dramatiser. Quatre années d'épouvante au cours desquelles il fallait sans cesse craindre pour ses proches, se dévouer aux survivants et pleurer les morts. Après le monstrueux carnage, il y avait eu soudain cette échappée vers la clarté et la joie, cet échec à la mort partout présente et trompeusement déguisée en victoire, ces années folles où la jeune femme pour la première fois fut reconnue et put se reconnaître. J'imagine le mariage de Germaine avec le jeune avocat de Saint-Julien, la soumission à l'ordre des choses et la sourde douleur de ne pouvoir se résigner.

La garçonne, nul ne semble à l'heure actuelle se souvenir de ce que nous lui devons.

La pièce de soie

En rédigeant l'histoire du commandant Vincent et de « La pièce de soie », je ne peux m'empêcher de songer à quelques autres qui me furent racontées et qui — comme celle de « L'officier sans loi » qui ouvre cet essai — mettaient en scène des militaires et leur famille, surtout lorsqu'ils appartenaient à la haute bourgeoisie ou à la noblesse. Cela n'a rien de surprenant. Aux désordres psychiques naturellement engendrés chez les gens distingués et bien-pensants par un refoulement forcené des désirs et l'obligation de devoir manifester, en toutes circonstances, de bonnes manières et de bons sentiments, s'ajoutent la confusion et le désarroi de ceux qui ont été obligés de fonder leur vie sur l'ordre, la soumission et des images de mort. Qu'ils soient hobereaux, gros propriétaires ou militaires de carrière, les défenseurs du territoire font naturellement payer aux autres, et d'abord à leur propre famille, les désordres qui ravagent leurs territoires intérieurs.

Les traits fins, souriant, les cheveux longs, Gilbert Vincent était un homme d'une quarantaine d'années qui dirigeait une petite agence d'arts graphiques.

Il ne s'était jamais douté de rien, me dit-il. Cependant, quelques années auparavant, lors d'une réunion de famille, il avait déclaré, sans y attacher une véritable importance, qu'il regrettait beaucoup que son grand-père paternel fût mort avant sa naissance ; il aurait aimé le connaître. Il s'était alors fait autour de la table un grand silence et sa sœur aînée s'était mise à sourire. Il avait compris que sur le commandant Vincent, leur grand-père, elle en savait davantage que lui !

Ses parents avaient toujours affirmé que le grand-père était mort vers 1930 — il avait à peine cinquante ans — et que sa disparition avait plongé sa famille dans la gêne. Son père ne manquait jamais de rappeler qu'il avait dû assumer très tôt de lourdes responsabilités et, tout en poursuivant ses études, faire vivre sa mère, son frère et, presque aussitôt, sa propre famille. Il avait eu bien du mérite.

La vérité, c'était que le grand-père avait plus de quatre-vingts ans quand il était mort et que Gilbert aurait fort bien pu le connaître, car il était alors adolescent !

C'est une belle matinée de juin, en 1930, dans la banlieue résidentielle d'une grande ville du Nord. Eugène Seneterre marie sa fille, la blonde Geneviève.

Eugène est d'origine modeste ; ses parents étaient agriculteurs près d'Armentières. C'est un homme tenace qui a débuté comme commis dans une maison de commerce et qui en est devenu le patron. Il importe les lins d'Europe centrale et de Belgique, les laines d'Argentine et d'Australie, le coton des Etats-Unis, le jute de Calcutta, et il n'est pas jusqu'à la soie dont il ne fasse le négoce. Il a réussi, et Geneviève est un des plus beaux partis de la ville.

Elle épouse aujourd'hui Paul Vincent, le fils d'un officier qui est lui-même issu d'une vieille famille de la région.

Le mariage civil a eu lieu la veille ; mais le vrai mariage, celui qui assemble réellement les familles en conférant à l'union sa légitimité sociale, sera célébré tout à l'heure, dans l'église dont on entend déjà les cloches sonner à grande volée. La matinée est pleine de soleil et de fraîcheur ; Eugène Seneterre est monté à côté de sa fille dans une calèche découverte ; la mère de la mariée a pris place dans une autre voiture. Cette femme effacée ne parvient pas à s'habituer à sa fortune et ne se console pas de la disparition de ses deux fils tués à la guerre. Dans l'instant présent elle est inquiète ; elle a quelque raison de craindre qu'un scandale ne vienne éclabousser le bel ordonnancement de la cérémonie.

Sur la place, devant l'église, une petite foule piétine. Les demoiselles d'honneur s'exercent à des révérences ; une légère poussière blanche se dépose sur les chaussures vernies ; il commence à faire chaud. Paul Vincent, le marié, est un mince jeune homme à l'air sérieux et déterminé. Près de lui se tient la longue Antoinette, sa mère, elle aussi emplie d'une inquiétude et d'une tristesse qui lui gâchent cette journée.

On attend le père du marié, le commandant Vincent. Viendra-t-il ?

Le commandant Vincent est un soldat comme on en voit dans les légendes. Cet officier — dont on dit qu'il est sorti du rang, mais qui appartient à une famille où l'on est soldat de père en fils — est un héros de la Guerre de 14 à qui sa bravoure et sa conduite ont valu quantité de citations et de décorations. Depuis, il traîne de garnison en garnison la vie monotone des militaires en temps de paix. Tout le monde sait qu'il est violent, emporté, passionné et imprudent, qu'il est socialiste et ne va pas à la messe, qu'il a pratiquement abandonné femme et enfants pour vivre avec Michelle, sa maîtresse. Pris ensemble, ces traits lui garantissent un avancement difficile et, à cinquante ans, malgré ses hauts faits, il vient juste d'être nommé commandant. Sa famille a toujours mené une existence chiche, voire difficile.

Le mariage de son fils Paul avec Geneviève Seneterre lui déplaît de façon absolue. Il l'a fait savoir. Et a mis à sa présence à la cérémonie deux conditions inquiétantes : « Je ne viendrai, a-t-il dit à son fils, que si ton futur beau-père, ce misérable calicot, me donne une pièce de soie. Je veux que Michelle s'en fasse faire une robe qu'elle portera le jour de la cérémonie, car elle sera avec moi à l'église. Si vous refusez, tu te passeras de ma présence ! J'attends ta réponse. »

Cette folle exigence a provoqué dans les deux familles autant de stupeur que d'indignation. Paul tient naturellement à la présence de son père, mais il redoute aussi le scandale. Désemparé, il a consulté tout le monde et, finalement, on s'est résolu à accepter l'étrange marché. Même la triste Antoinette, l'épouse légitime, s'est résignée à être publiquement bafouée le jour du mariage de son fils. Cette petite bourgeoise craintive a une vocation pour les rôles de victime. « Elle en a déjà tellement vu, la pauvre femme ! », a-t-on murmuré dans la belle-famille.

La mariée vient d'arriver devant l'église. On attend toujours le commandant et une inquiétude presque palpable commence à gagner le cortège. Seul le père de la mariée, Eugène Seneterre, est d'humeur sereine. Il marie sa fille, et c'est, quoi qu'il arrive, un beau mariage. D'abord sa position sociale en est consolidée. Ensuite il apprécie beaucoup son futur gendre, un garçon selon son cœur, entreprenant et plein d'ambition avec lequel il va à la chasse dans les Ardennes, et qui sait tenir un fusil. Enfin Geneviève aime ce jeune homme tout à la fois prévenant et emporté. Alors, que le commandant soit là ou non, avec ou sans sa maîtresse, avec ou sans robe de soie, pour Eugène cela est sans importance ! Il a pour le commandant Vincent le respect qu'on doit aux héros de la guerre — une guerre que lui, au demeurant, n'a pas faite —, mais il pense que c'est un exalté et, pour un officier, un homme qui affiche des idées par trop folles et utopiques sur la société et l'organisation de la paix entre les nations. Il pourrait même être dangereux, si son caractère et ses outrances n'interdisaient heureusement qu'on lui fasse confiance. C'est un personnage auquel Eugène ne peut rien comprendre. Au contraire du fils qui a, lui, les pieds sur terre, il lui demeure totalement étranger.

On prend enfin la décision d'entrer dans l'église. La mariée rejoint le marié au milieu des fleurs et des musiques, et la cérémonie commence. Paul jette de temps en temps un coup d'œil derrière lui pour s'assurer de la présence de son père.

Or le commandant ne viendra pas. Il n'assistera pas au mariage de son fils.

En fait, il disparaît, ce matin-là. Et pour toujours.

Paul ne pardonnera pas à son père l'affront et la peine qu'il lui a faits. Il partira le lendemain à sa recherche. Il ne le trouvera pas. C'est du moins ce qu'il dira. Et il ne parlera plus jamais de lui. Jamais. On fera comme si le commandant Vincent était mort. On dira qu'il est mort.

C'était à peu près tout ce que savait mon interlocuteur. J'ouvris de grands yeux. Etait-ce là vraiment tout ? Que signifiait l'étrange demande du commandant ? Pourquoi avait-il disparu et qu'était-il devenu pendant les trente années qui avaient suivi ?

Gilbert Vincent n'en savait rien ! Je lui demandai alors

de me raconter l'histoire de son père et de sa mère après leur mariage.

Ce qu'il pouvait en dire tenait en quelques phrases mais donnait sans qu'il le sache — et cela d'ailleurs lui importait peu — la clé de l'énigme.

Paul avait achevé à Lille ses études d'ingénieur et commencé à travailler dans une grande entreprise. Dès la disparition de son père il avait pris en charge son frère Félicien — qui devait toujours vivre dans son ombre — et s'était occupé de sa mère abandonnée sans ressources par son mari. Il lui fallait également faire vivre sa propre famille — une fille était née un an après le mariage, et trois autres enfants naquirent à intervalles rapprochés. Très vite cependant, Paul vécut sur un grand pied. Luxueusement même. Il fut nommé à Paris. La famille habita les beaux quartiers. Ce fut, à force de travail et de considération pour le travail et la réussite, la réussite et la considération. Il savait se mettre en valeur et il était avant tout soucieux de donner satisfaction à ses chefs. Mais, autoritaire et cassant, il manquait de diplomatie et s'emportait facilement avec les inférieurs. Il avait sur le monde, les gens, les valeurs de la vie des idées simples et il était tout entier dans des opinions entières. Pendant la guerre, il avait dirigé une usine sous contrôle allemand. Sa seule préoccupation avait été d'assurer la production — comme si de rien n'était ! C'était un technicien pour qui il fallait que les choses marchent. Il avait une nombreuse famille ; cinq autres enfants lui étaient nés dans les années 40. L'ordre moral lui réussissait.

L'histoire, à partir de là, coïncidait avec les propres souvenirs de Gilbert.

Son père avait un jour emmené toute la famille en voyage dans les Ardennes. On avait traversé des forêts, on s'était arrêté dans des villages, on avait parlé avec des gens dont Gilbert avait vaguement compris qu'ils étaient de la famille. Ce voyage avait dû avoir lieu peu de temps après la mort du grand-père. Peut-être s'agissait-il de régler des affaires de succession ou de rencontrer cette femme, Michelle, qui avait été sa maîtresse. Plus récemment, le père et l'oncle de Gilbert étaient retournés dans les Ardennes. L'oncle lui avait parlé de ce voyage comme d'un pèlerinage ou d'un retour aux sources ; ils avaient visité des cimetières, demandé des renseignements dans les mairies. Que cherchaient-ils ? L'oncle n'avait pas voulu le lui dire, il lui avait seulement conseillé d'en parler directement avec son père. Mais Gilbert n'avait pas osé. Personne n'avait jamais parlé avec lui de cette histoire : on sentait obscurément que cela lui ferait trop de peine. On savait que Paul gardait précieusement dans un tiroir toutes les décorations du commandant Vincent et qu'il passait de longues heures à les regarder, rangées en ordre sur son bureau.

Jusqu'alors les histoires s'étaient dépliées devant moi pour livrer leur mystère, jusqu'à ce que j'eusse l'impression qu'elles n'avaient plus rien à cacher. Or celle-ci demeurait fermée sur elle-même, opaque, inerte et comme morte. Sans doute aurait-il fallu que je questionne davantage Gilbert, l'engage à chercher d'autres renseignements, le presse d'interroger son père ou demande à rencontrer des membres de sa famille pour obtenir des données plus substantielles.

On peut à juste titre me reprocher l'absence d'une méthode d'investigation sérieuse — je veux dire rationnelle, scientifique, homologuée ! J'aurais peut-être dû mener des enquêtes véritables, recueillir des témoignages, les vérifier, recouper les informations, faire toute la critique des sources qui permet de fonder une vérité historique, travailler sur des certitudes ou, du moins, travailler davantage à les construire. Qui peut dire que je n'ai pas eu quelquefois affaire à des fabulateurs ?

Mais, à tort ou à raison, je n'ai pas voulu, je l'ai expliqué au début de ce livre, chercher ici cette vérité historique. Je ne suis finalement que le témoin de quelques secrets égarés dans la banalité du temps. Des puzzles. Des terres perdues. Des silences. Des méconnaissances. Des inconnaissances. Des soupçons. Des fragments de vérité qui font vibrer l'air et produisent des mirages. Fragments d'histoires racontés par des narrateurs menteurs et infidèles qui font de la tromperie leur commerce, qui noircissent, enjolivent, dissimulent, obscurcissent la vie, au point qu'on y peut à peine distinguer les émotions et les sentiments qui la fondent. Qui sont-ils donc ? Quelle confiance peut-on avoir en eux ? Pourquoi, affolés par les douleurs qu'engendre la famille, n'auraient-ils pas tout inventé ? Pas d'autre garantie qu'une apparente cohérence... Ces tremblotantes gelées de mystère ne sont peut-être que des mises en scène. Pourquoi, alors, les avoir mises en scène ? Il faut bien qu'elles répondent à quelque nécessité.

C'est pour cela d'ailleurs que tous les secrets de famille nous concernent, nous intriguent et nous fascinent, comme toutes les énigmes policières. Ce sont les miroirs de nos propres secrets.

Nous ne voyons des autres que ce que nous voyons de nous-mêmes. Et nous en savons suffisamment sur l'énigme de « La pièce de soie » pour l'élucider. Cette histoire est celle d'un secret entre un père et son fils. Elle nous concerne tous. Nous pouvons la reconstituer.

Le commandant Vincent appartient à une famille connue où l'on est « soldat de père en fils », *mais* il est en même temps, à ce que l'on sait, « sorti du rang ». Il s'est comporté en héros au cours de la Grande Guerre, *mais*, en 1930, il n'est encore que commandant. Il a fait un mariage petit-bourgeois, *mais* il abandonne femme et enfants pour vivre avec sa maîtresse. Il vit dans un univers conformiste, *mais* il est acquis à des idées progressistes qui rompent avec sa tradition sociale et familiale. Il y a donc en lui une brisure. Peut-être s'est-il révolté contre sa famille, peut-être s'est-il même enfui ; la guerre en tout cas l'a rejoint. Il ne pouvait que s'y surpasser et se réfugier dans la bravoure. Il ne pouvait que demeurer dans l'armée : il lui était impossible d'y réussir. L'échec, c'était sa façon de protester. Il avait un compte à régler avec sa famille, son pays, la société, l'humanité tout entière ! Cela explique la violence qui était la sienne.

Que s'est-il passé le jour du mariage de son fils Paul ? Quel est le secret du commandant Vincent ?

En épousant la blonde Geneviève, Paul provoquait son père pour qui Eugène Seneterre n'était qu'un parvenu, un embusqué attaché à l'argent et absolument dépourvu d'idéal. Paul trahissait donc son père. C'était sa manière à lui de le tuer.

Par dépit et par provocation, pour faire éclater le mensonge sur lequel reposait, croyait-il, la vie des Seneterre, le commandant leur avait fait cette demande insolite et insultante : une pièce de soie pour sa maîtresse ! Il croyait les voir frémir sous l'outrage, refuser d'accéder à une demande aussi sordide et prendre ainsi la responsabilité de la rupture. Ils seraient alors apparus tels qu'ils étaient, mesquins et misérables. Les yeux du fils se seraient enfin ouverts, il aurait compris, il serait revenu vers son père — les pères ont tous besoin que leur fils les reconnaisse. La suite était moins claire. Sans doute Paul aurait-il tout de même épousé la blonde Geneviève puisqu'il l'aimait et, au dernier moment, le commandant serait-il même venu à l'église, sans ses décorations, dans une simplicité terrible, et rien, avec le temps, n'aurait été rompu.

Seulement ni les siens ni les Seneterre n'avaient perçu la naïveté éperdue de cette demande. Ils lui avaient remis la pièce de soie comme si elle avait eu une véritable valeur d'usage, alors qu'elle n'était qu'un symbole. C'était sa façon de demander qu'on l'aime. Et il s'était retrouvé piégé. Il ne pouvait pas venir : il aurait assassiné son fils, et il ne pouvait pas non plus se renier. On l'imagine, le visage tout crispé de colère et de chagrin, accablé par une tristesse pour laquelle les hommes comme lui n'ont pas de mots.

Il disparaît.

Selon la vieille règle policière qui s'applique également aux secrets de famille, il faut se demander à qui cette disparition profite.

Nous venons de voir les motivations du père. Mais c'est du secret du fils qu'il est en fait question.

Paul et sa famille soudain plongés dans le dénuement par l'abandon du père ? Non. Ce serait oublier que, par son mariage avec Geneviève, héritière unique, Paul bénéficiait de la fortune d'Eugène Seneterre. De quoi faire vivre tout le monde ! Le train de vie, très vite, le révèle. Et comme il s'empresse de se différencier de son père, cet homme ! Comme il se débarrasse de cet officier qui encombre tout le monde avec sa bravoure, ses hauts faits, ses médailles et ses mémoires de guerre, avec son idéalisme, ses bons sentiments, son goût pour l'harmonie entre les hommes et la paix dans le monde, et ses maîtresses qui font pleurer la mère, et ses emportements et ses colères qui jettent partout le désarroi ! Paul fait disparaître son père. Car le commandant Vincent ne s'en va pas, comme cela, de lui-même, au lendemain du mariage. Il y a fort à parier qu'il est toujours à son poste et qu'on peut le retrouver ! Le fils a dit qu'il n'avait pu le rencontrer. Non. C'est lui qui n'a plus voulu le voir, ce père indigne. Il l'a effacé ! Il a fait croire à sa mort. On n'en a plus jamais entendu parler. Paul a fait, pendant trente ans, le noir sur cette vie, et sa mère, la triste Antoinette, n'a jamais rien dit. Son fils faisait corps avec elle, il avait épousé la cause de la mère abandonnée. Quel bénéfice ! La mère garde le fils ; le fils garde la mère. Ils ne se sépareront plus. Le fils, par contre, s'est séparé du père. Il a rejoint avec armes et bagages le camp opposé, celui des Seneterre. Il pouvait, lui — on l'a vu —, s'accommoder de l'occupant ! Mais, finalement, plus il le dissimule et plus le père est en lui agissant. Paul accomplit le destin qui aurait dû être celui du commandant. Il le porte à l'intérieur de lui. Comme ils se ressemblent ! Ils ont au fond le même métier. Paul obéit, il accomplit scrupuleusement ce que ses directions lui ordonnent. Même dans les temps difficiles, il est toujours la consentante victime du devoir. Les principes d'obéissance et d'ordre régissent militairement sa carrière et sa vie. Il réalise le destin du père, il réintègre l'univers d'origine : les fabriques et les usines qui sont les casernes de l'ordre bourgeois où les passions sont assez raisonnables pour cesser d'être des passions. Il a vainement essayé de supprimer son père. Son père continue à vivre embusqué en lui. Il ne peut se défaire de ses décorations.

Au terme de son voyage dans les Ardennes, le fils ne trouvera rien. Il ne trouvera que lui-même. Il est à lui-même le dernier objet de sa quête. Le fils dépossédé cherche la partie manquante : une pièce de soi.

Je pense que chaque secret laisse toujours derrière lui, autour de lui, suffisamment d'indices pour qu'on puisse un jour le découvrir ou, du moins, éclairer ce qui doit l'être.

Ainsi, une personne qui chercherait à percer le secret qui la concerne — le secret de sa naissance, par exemple — pourra toujours, malgré les obstacles apparents, tels que la disparition des témoins ou la destruction des archives, parvenir au bout de sa recherche. Imaginons qu'un homme décide de retrouver son père qu'il n'aurait pas connu. Une telle démarche, ne procédera pas, on en conviendra, d'une curiosité anecdotique et passagère ; elle sera le résultat d'un manque profondément ressenti, d'un besoin, pour ainsi dire, ontologique du père. Si cet homme a le courage et la ténacité de poursuivre jusqu'au bout son enquête et de poser les bonnes questions, un moment viendra où il retrouvera nécessairement son père. Ce qui ne veut pas dire qu'il retrouvera un homme en chair et en os, ou un acte d'état civil, ou une tombe avec un nom — encore que cela puisse se produire —, cela veut dire qu'il aura fait un parcours et un retour sur lui-même, et qu'il aura changé quelque chose de sa vie et de la vision qu'il en a. Sans doute le manque du père ne sera-t-il pas comblé ni la blessure cicatrisée, mais il aura, au cours de sa quête, modifié les images de son père et donc la relation qu'il avait avec lui. C'est à cela qu'aura servi la recherche.

C'est pour cela que le cheminement qui sert à parvenir à la vérité du secret constitue le secret lui-même. Et en un sens on pourrait dire, au mépris des lois de la temporalité ordinaire, que la façon dont le secret est découvert rétroagit sur la façon dont il se constitue.

Le piège

Ce couple de jeunes cadres parisiens aussi brillants que bien nés était promis au conformisme et à la réussite. Ils s'étaient mariés à la fin des années 60 et avaient découvert avec effroi que le mari était stérile.

Après quelques années de désespoirs et de faux espoirs, ils entreprirent, dans les formes légales, une procédure d'adoption. Ce serait long, très long, leur laissa-t-on entendre, et peut-être même cela n'arriverait-il jamais. La jeune femme voyait le temps passer et son désir de maternité s'exaspérait. Avec l'accord de son mari, elle finit par demander à certains de ses amis de lui faire un enfant. L'un d'eux accepta. Elle fut bientôt enceinte.

Or la procédure d'adoption aboutit juste à ce moment-là et le couple alla chercher à l'Assistance publique l'enfant qu'il avait adopté, un garçon. Quelques mois plus tard la femme mit au monde une petite fille.

On imagine les douleurs et les chagrins de ce couple, la situation complexe et fragile en laquelle ils s'étaient engagés.

Elle allait devenir pathétique car ils refermèrent soudain sur eux le piège.

Ils décidèrent de faire sur la chose un secret absolu.

Ils dissimuleront tout. Ils diront que les enfants sont tous deux, au même titre, leurs enfants. Ils feront jurer à leurs proches et à leurs amis de ne jamais révéler à quiconque le secret de ces naissances. Ceux qui refuseront de faire ce monstrueux serment seront définitivement mis à l'écart. Mais cela ne suffira pas. Ils effaceront toutes les traces du passé. Ils feront table rase de leur vie antérieure. Ils déménageront dans un quartier lointain, vendront leur villa du bord de mer, changeront même de métier et d'entreprise. Puis ils quitteront Paris pour la province. Enfin ils s'en iront à l'étranger et on perdra toute trace d'eux.

Quelque part dans le monde, il y a deux personnes qui ne savent rien et ne doivent en principe jamais rien savoir de leur véritable origine. La première est un garçon adopté dont nul ne connaîtra jamais le père ni la mère. La seconde est une fille pour qui sa mère est sa vraie mère mais qui ne connaîtra jamais son père. Ces deux enfants se croient frère et sœur, mais il n'y a entre eux aucun lien.

Les filles fleurs

On ne demande pas à n'importe qui de raconter ses secrets de famille.

Les seuls à pouvoir parler sont ceux qui n'ont rien à perdre. Des citadins plus ou moins prolétarisés, coupés de leurs racines. Des intellectuels, des créateurs, des artistes que leur statut met en marge et qui ne se soucient plus de l'opinion de leurs proches. Et tous ceux qui ont dû, pour vivre ou pour survivre, rompre avec leur famille ou leur classe. Naturellement, les gens des catégories sociales où les secrets grouillent le plus ne me confièrent jamais leurs petites histoires. Les paysans et les ruraux englués dans leurs propriétés, leurs héritages de glaise lourde et de terre labourable, les enfants de petite ou de grande bourgeoisie accrochés à des habitudes et à des qu'en-dira-t-on qui leur tenaient lieu de corps et d'âme, les noblaillons terrés, repus de souvenirs, dans leurs châteaux fantômes, tous ceux pour qui le nom, l'avoir et la famille demeuraient des objets sacro-saints — ceux-là jamais ne vinrent vers moi. Ils avaient bien trop peur et les secrets pourrissaient en eux sans jamais être dits.

Je me retrouvai un matin de juin dans un bourg de la Châtaigneraie, au fin fond du Cantal, pour rencontrer une femme dont je savais seulement qu'elle s'appelait Flore et qu'elle était cuisinière dans un restaurant. Une amie qui passait là-bas ses vacances s'était souvenu d'elle — elle avait su autrefois son histoire compliquée —, et lui avait parlé de ma recherche. Cette femme avait accepté de me rencontrer. Seulement, comme elle n'avait jamais l'occasion de venir à Paris, il m'avait fallu aller jusqu'à elle.

C'était un gros village aux toits bleus, luisant sous le soleil et envahi par les arbres, les herbes et les fleurs. Le restaurant se trouvait dans une petite rue ombragée, juste derrière le chevet de l'église romane. La salle était profonde, noire, déserte encore, mais déjà baignée par les effluves d'une cuisine grasse. Flore m'accueillit avec beaucoup de gentillesse. Elle avait un visage expressif et assez beau malgré les traits durs et les cheveux tirés en arrière en un épais chignon. Elle me fit asseoir à une table du fond et, avant même que j'ai posé la moindre question, elle se mit à parler.

L'histoire commençait à la fin du XIXe siècle et se déroulait sur six générations.

Marguerite — qu'on appelait la Bossue — était la seizième enfant d'une famille qui en comptait une vingtaine et qui habitait un hameau de la Châtaigneraie. Une famille misérable dont le père s'employait comme bûcheron, faucheur ou cantonnier, selon la saison, tandis que la mère, Rose, allait dans les fermes pour les gros travaux, les lessives ou la charcuterie quand on tuait le cochon. Elle n'était presque jamais là. Marguerite fut donc élevée par ses sœurs aînées et dut elle-même s'occuper de son dernier petit frère.

Elle avait dix-sept ans, en 1905, quand elle épousa Léon Goigoux, un garçon du voisinage qui était lui aussi bûcheron. Sitôt mariés, ils allèrent s'installer au village proche de La Chourlie, dans une masure où elle mit au monde une fille qu'elle prénomma Rosalie — en hommage à sa mère, Rose (on trouvera d'ailleurs dans cette histoire de femmes une curieuse filiation par les prénoms et on comprendra, avec la découverte des secrets qui la constituent, quelle continuité assure cette déclinaison de noms de fleurs).

Très vite, Léon Goigoux se mit à boire — six ou sept litres de vin par jour, sans compter les grandes cuites du samedi et des jours de fête. Il rentrait ivre tous les soirs, se mettait en colère, criait, brisait les meubles et rouait de coups sa femme qui devait souvent s'enfuir, la nuit, avec la petite Rosalie, pour trouver refuge dans une grange, une étable ou, quand il n'était pas trop tard, chez des voisins compatissants. Marguerite supporta longtemps la violence et les brutalités de l'ivrogne — elle n'avait pas le choix. Elle travaillait alors comme bonne à tout faire à l'épicerie du village et elle se constituait, en cachette de son mari, un petit pécule. Quelques années plus tard, quand elle eut assez d'argent, elle quitta Léon Goigoux et s'installa dans le bourg où elle prit en gérance un petit commerce. Marguerite et sa fille vécurent ainsi quelques années relativement tranquilles et presque prospères à force d'industrieuse économie. Au début, Rosalie allait de temps en temps rendre visite à son père mais, comme celui-ci buvait de plus en plus et était devenu fou furieux, elle cessa d'aller le voir. Il devait mourir peu après, écrasé par un char de bois.

Ce fut août 1914, la mobilisation, la guerre et, pour ce pays rural qui fournissait les armées françaises en fantassins, une hécatombe.

En 1917, Marguerite la Bossue accueillit chez elle un petit berger qui s'appelait Jules. Enfant naturel, il avait perdu sa mère quand il avait trois ans et avait été élevé par sa grand-mère, à Figeac, dans le Lot. Il était petit et malingre et on devait toujours l'appeler Petit Jules sans jamais mentionner son patronyme qui demeura pour toujours ignoré.

Ce dernier détail renforce encore la donnée essentielle de ce récit, celle que le lecteur va peu à peu découvrir : l'absence du principe masculin civilisateur. Pour parler plus simplement, il verra que, père ou mari, l'homme — et la loi qu'il porte — est cruellement absent de cette histoire.

Marguerite le prit sous sa protection — il avait quinze ans de moins qu'elle — et, à la fin de la guerre, ils se mirent officiellement en ménage. Il hérita alors de sa grand-mère quelques économies, acheta une carrière et en entreprit l'exploitation. Marguerite se fit marchande ambulante ; elle sillonnait les villages des environs avec une voiture à âne surmontée d'un immense parapluie orange. Ils connurent une certaine aisance et achetèrent même ici et là quelques terrains. Ils ne se marièrent pas — Marguerite ne voulut jamais divorcer — et ils vécurent, elle jusqu'en 1960, lui jusqu'en 1977.

Telle était l'histoire de Marguerite la Bossue, au village de La Chourlie, dans le Cantal.

Sa fille, Rosalie, avait à peine vingt ans quand elle tomba malade. On parla d'une « anémie graisseuse », terme qui désignait alors une affection inquiétante et mystérieuse contre laquelle la science ne pouvait rien. Elle avait pris de l'embonpoint et était si faible qu'elle avait dû cesser de travailler au Café de la Paix où elle était serveuse.

Elle ne sortait plus de chez ses parents. On l'aura deviné, elle était enceinte. Elle mit au monde une fille, Violette, qui fut déclarée née de père inconnu. Rosalie n'épousa que quelques mois plus tard Antoine Galochet, un maçon, qui reconnut immédiatement l'enfant. Il leur fallut aussitôt partir car Antoine avait trouvé un emploi à Paris et une place de serveuse attendait Rosalie dans un bistrot de la rue Lecourbe. Comme ils ne pouvaient s'encombrer d'un enfant, Rosalie confia tout naturellement Violette à sa mère, Marguerite la Bossue.

Violette fut donc élevée par ses grands-parents qu'elle considérait comme son père et sa mère véritables. Personne en effet ne s'était préoccupé de lui expliquer la situation ni de lui parler de Rosalie et d'Antoine qui ne se soucièrent jamais d'elle.

Elle avait juste dix ans, lorsqu'un soir arriva une femme qui prétendait être sa mère et qui venait la chercher pour l'emmener chez elle. Antoine Galochet et Rosalie étaient revenus au pays pour y trouver du travail et ils avaient décidé de reprendre Violette avec eux. Ce fut une soirée de cauchemar ! Des cris, des sanglots et des coups. Marguerite la Bossue et Petit Jules regardaient la scène, atterrés, mais sans oser intervenir ni même dire un mot (on les verra d'ailleurs toujours ainsi : dépassés par les événements et absolument incapables du moindre geste ou de la moindre résolution). Violette dut faire en pleine nuit son baluchon et suivre, dans une maison délabrée, à l'autre bout du village, une dame qu'il lui fallait appeler Maman. Elle y trouva un homme dont on lui dit qu'il était son père — on lui montrera plus tard, sur le livret de famille, qu'elle porte bien son nom — et deux enfants, deux inconnus, ses frères, dont elle allait devoir s'occuper. Il n'était plus question d'école : elle aurait bien assez de tenir la maison pendant que ses parents travaillaient. On imagine son désespoir et sa confusion.

Violette passa plusieurs années à geindre, à pleurer, à provoquer l'exaspération de ses parents et de ses frères qui la détestaient.

Ce fut 1939 et la guerre. En 1942, quand les Allemands franchirent la ligne de démarcation et que la zone libre fut occupée, Violette avait quinze ans.

Elle était enceinte.

Elle ne voulait pas avouer qui était le père ni garder l'enfant. Elle demanda de l'aide à sa mère. Vainement. Rosalie ne voulait rien entendre. Quant à son père, il lui conseilla en riant de se marier. Ses grands-parents non plus ne pouvaient rien pour elle !

Elle mit au monde une fille qu'elle appela Flore.

Quelques mois plus tard, elle épousait un ouvrier de Decazeville, Pierre Mouline, qui reconnut l'enfant. Ils s'installèrent à Viviers, près des usines de *La Vieille Montagne*. Pierre travaillait aux fours. Métier très pénible qui desséchait et dont on disait qu'il obligeait à boire. Pierre buvait. Il frappait Violette et l'insultait en lui reprochant de faire la putain. Elle répliquait. Ils se battaient, et parfois même si violemment que Flore fut un jour grièvement blessée par un tesson d'assiette. L'horreur de leur existence fut bientôt à son comble. Violette parvint à s'enfuir en emmenant sa fille alors âgée de deux ans. Comme c'était encore la guerre, elle confia Flore à sa grand-mère, Marguerite la Bossue — ainsi que sa mère l'avait fait pour elle —, et elle disparut.

De même que Violette sa mère, et Rosalie sa grand-mère, Flore fut élevée par Marguerite et Petit Jules, ses arrière-grands-parents.

Elle portait le nom d'un homme qui s'appelait Pierre Mouline et cependant elle ne le connaissait pas. Chaque année, à Noël et pour son anniversaire, il lui envoyait un cadeau. Elle lui écrivait pour le remercier. On lui avait dit qu'il était son père, mais elle aurait mieux aimé que ce soit Petit Jules qui était si gentil avec elle. On ne parlait jamais de sa mère, Violette. Elle n'était jamais venue la voir. Flore savait qu'elle existait mais préférait croire que sa vraie maman était Marguerite.

Ces années furent parmi les plus heureuses de son existence, bien qu'elle y ait mené une vie très dure. Il lui fallait en effet s'occuper de Marguerite qui était vieille et infirme et de Petit Jules qui avait eu les jambes brisées par un wagonnet à la carrière. Ils vivaient misérablement car ils se refusaient à vendre leurs terrains : ils voulaient tout laisser à leurs enfants en héritage. Ils avaient seulement évoqué la possibilité d'en vendre une partie pour payer les études de Flore, plus tard, à Toulouse, parce qu'elle était toujours la première à l'école.

Elle devait avoir douze ou treize ans lorsqu'un homme et une femme qu'elle ne connaissait pas entrèrent un soir dans la cuisine. (Le lecteur peut maintenant imaginer la scène qui va suivre — il la connaît déjà — et percevoir le mécanisme implacable de la répétition des comportements et des malheurs qui se manifeste presque à chaque instant dans « L'histoire des filles fleurs ».)

— Je suis Violette, je suis ta maman, dit la femme. Viens m'embrasser !

Et désignant l'homme qui se tenait derrière elle et qui riait, elle ajouta :

— Embrasse-le, lui aussi ! C'est ton vrai père. Il s'appelle Fernand. Nous venons te chercher, tu vas vivre avec nous maintenant et, puisque tu travailles si bien, on va te faire continuer tes études.

Flore fut saisie d'une peur épouvantable et elle se tourna vers ses grands-parents pour qu'ils la défendent. Mais ils ne pouvaient rien faire et ils baissaient tristement la tête.

Elle fut donc contrainte de partir aussitôt. Elle abandonna toutes ses affaires — tout ce à quoi elle tenait le plus : ses livres, ses rédactions, ses dessins, ses poèmes — et elle suivit ses parents dans la maison de La Chourlie qui avait autrefois appartenu à Léon Goigoux. Elle découvrit que son père était un homme brutal, violent et ivrogne qui faisait un peu tous les métiers : ouvrier agricole ou manœuvre. Elle éprouva beaucoup de chagrin à l'idée que l'homme de Decazeville dont elle portait le nom, Pierre Mouline, n'était pas son père ; sans l'avoir jamais vu, simplement par les cadeaux qu'il lui avait faits et les quelques lettres qu'ils s'étaient adressées l'un à l'autre, elle avait fini par éprouver pour lui de l'affection.

Or sa mère n'avait pas un seul instant songé à ses études. Elle la plaça dans un café-restaurant où elle travaillait de huit heures du matin à dix heures du soir, sans qu'il y eut jamais de dimanche, de fêtes ou de vacances. Elle était obligée de faire à pied de longs trajets et de rapporter tous les jours les cinq francs qu'elle avait gagnés. Violette éprouvait pour Flore quelque chose qui devait ressembler à de la haine ; elle la battait et la jetait dehors au moindre prétexte. Un soir, elle se montra si méchante, elle frappa si fort sa fille que celle-ci s'enfuit et alla se réfugier chez les gens qui tenaient le restaurant. Elle était terrorisée. Elle pensait que les gendarmes allaient venir la chercher pour la ramener chez elle ou pour l'envoyer dans une maison de correction. Elle disait qu'elle allait se suicider. On prévint la gendarmerie. Elle fut autorisée à demeurer au restaurant. Mais pendant six ans elle ne cessa jamais de craindre qu'on l'envoie en prison.

Un jour, bien plus tard, son arrière-grand-mère, Marguerite la Bossue, la fit appeler auprès d'elle. Il lui semblait qu'elle allait mourir et elle ne voulait pas s'en aller sans révéler à Flore les secrets de la famille.

C'était d'abord le secret de la naissance de Flore.

Son père n'était pas l'homme de Decazeville, Pierre Mouline, dont elle portait le nom, cela était certain ; il avait épousé Violette et reconnu Flore bien longtemps après qu'elle fut née. Mais son père n'était pas non plus ce Fernand qui vivait à La Chourlie avec sa mère.

Son père était un soldat allemand que Violette avait connu, à la fin de 1942, à Figeac et qui, naturellement, avait disparu.

Il y avait un autre secret.

Antoine Galochet, le maçon qui avait épousé Rosalie après la naissance de Violette, n'était pas non plus le père de celle-ci. Son père était un petit entrepreneur que sa mère avait un temps fréquenté. Il avait engrossé, en même temps que Rosalie, une jeune fille d'une famille plus riche et respectable et avait fini par l'épouser. Quant à Antoine, Rosalie le connaissait depuis longtemps. Il lui faisait la cour. Il avait accepté de l'épouser et de reconnaître Violette, mais à condition qu'elle demeure chez sa grand-mère Marguerite, au moins dans les premières années.

Enfin, en écoutant l'histoire de Violette et de Rosalie — ces histoires qui se répétaient étrangement —, Flore s'était naturellement posé la question : et Rosalie ? Etait-elle réellement la fille de Léon Goigoux, l'ivrogne ? Cette interrogation, Marguerite dut la lire dans les yeux de son arrière-petite-fille. Elle détourna la tête.

Marguerite lui apprit également, mais trop tard, que sa mère Violette n'avait aucun droit sur elle — bien sûr, elle n'avait pas osé le lui dire auparavant.

J'étais, je m'en souviens, abasourdi par ce récit. Cet implacable enchaînement d'abandons et de fautes, cette répétition de misères et de violences, c'était comme un étouffement. Sans un espoir, sans une ouverture, sans une clarté. Dans cette salle basse et sombre dont le plafond et les solives noires semblaient m'écraser, je n'avais qu'une envie : sortir, voir le jour, respirer !

D'une voix toujours égale et neutre, Flore me raconta ensuite ce qu'avait été sa vie. Mais, comme lassé par l'accumulation de tant de détresses, je dois dire que j'écoutais d'une oreille distraite le récit d'une existence plus noire qu'un roman de Dickens. Elle me dit comment, pour être libre, elle s'était mariée, très vite, avec le premier venu. Son mari — et on devinait que ce ne pouvait être qu'un journalier ou un bûcheron ivrogne — la battait et la mettait toutes les nuits hors de chez elle. Elle s'était enfuie à nouveau et avait cherché refuge chez ses parents. Ils l'avaient rejetée. Exactement comme ils avaient été rejetés eux-mêmes, on le comprenait. Elle avait trouvé à s'employer ici et là pour survivre. Malade, elle avait été hospitalisée. Sans qu'elle eût besoin de le dire, on pressentait qu'elle avait subi une grave opération et avait failli mourir ! Elle avait ensuite rencontré un homme comme elle malade et comme elle désespéré et ils avaient décidé de vivre ensemble. Mais le malheur s'acharnait ! Elle ne pouvait pas avoir d'enfant. Il tentait de se suicider. Elle avait un accident de voiture...

On croyait reconnaître ici, comme dans une tragédie antique, le frôlement de la fatalité qui poursuivait, à Thèbes, la Maison des Atrides ; on comprenait le poids des malédictions et des exils, on pouvait presque entendre les cris des Errynies poursuivant de folles vengeances ; on était prêt à crier grâce devant tant d'infortunes !

A la fin, pourtant, il y avait eu comme une rémission. Une fille leur était née. Ils l'avaient appelée Reine.

Comme si, par une sorte de revanche, il leur avait fallu montrer qu'elle, au moins, aurait la maîtrise de sa vie.

C'était comme une rédemption.

Flore la bâtarde, la fille du soldat allemand, pouvait maintenant parler avec orgueil de sa fille et dire :

— Reine, quand elle m'a posé des questions, moi je lui ai tout dit, sans rien cacher. Elle sait qui est son père. Elle le voit tous les jours et elle porte son nom.

Je suis sorti. J'ai fait quelques pas sur la place. Il faisait une chaleur lourde et humide. La fenaison avait commencé. De la campagne toute proche venait une puissante odeur d'herbe fraîchement coupée et on entendait le bruit des tracteurs. Dans la vallée et sur les collines, juste en face, on voyait, comme une marqueterie, l'enchevêtrement des prés et des pâtures, les haies et les alignements de frênes, toute une organisation de l'espace mise en place pour tenir la terre et la maîtriser. Ce paysage prenait en cet instant valeur de symbole : une loi organisatrice en révélait la fécondité, et je ne pouvais pas ne pas songer aux filles fleurs à qui longtemps la loi avait manqué.

Je songeais à cette femme qui venait de parler si longuement de sa vie. Pourquoi ces répétitions, pourquoi ces désordres, ces malheurs, ces haines, ces maladies, ces accidents ? Ce n'était ni une fatalité ni une contrainte due au milieu social ou aux conditions de vie, mais bien une exigence qui rôdait dans l'obscur de l'existence jusqu'à ce qu'elle fût reconnue. A force d'acharnement, cette vie, ces vies semblaient prendre une signification. Toutes chargées de violences et de noirceurs, elles finissaient par révéler un mouvement. La longue et désespérante histoire des filles fleurs semblait ici s'achever — au prix de quelle souffrance ! — avec l'entrée dans l'univers de la reconnaissance, celui où les pères ont un nom. Il ne s'agissait plus ici de Rose ni de Marguerite, de Rosalie ni de Violette, de Flore ni de Reine mais, tout au long du siècle, à travers l'existence de ces femmes, d'un cheminement obstiné vers un peu plus de clarté.

La maison hantée

Chacun de nous non seulement possède dans son arbre généalogique un ou plusieurs secrets de famille, mais il a également, à certains moments de sa vie, le privilège d'y avoir accès. Chacun de nous, un jour ou l'autre, frôle, rencontre, affronte ces zones d'ombre. Il nous appartient de les éclairer ou de les ignorer. Elles nous servent à dévoiler en nous ce qui a été dissimulé.

C'était une jolie femme blonde, le museau fin, l'œil vif, qui s'appelait Isabelle. Elle arriva avec beaucoup de retard et se laissa tomber sur la banquette, agitée, inquiète, presque désemparée. On pensait à quelque catastrophe mais le drame était plus simple. Elle avait perdu son porte-cartes et, ses papiers disparus, égarés ou volés, il lui semblait qu'elle n'aurait plus jamais d'identité ni de crédit dans le monde !

Elle connaissait, m'avait-elle dit, un secret. C'était plutôt une énigme, un mystère qui entourait l'histoire de Jacqueline, sa mère.

Mais, d'abord, elle fit l'éloge de celle-ci. Une femme

admirable avec laquelle elle s'entendait si bien qu'il n'y avait jamais une ombre de désaffection entre elles ! Elle parlait de leur complicité, de leur semblable intelligence de la vie et des êtres, de leur disponibilité de l'une à l'autre toujours constante... Ce panégyrique n'en finissait pas ! Qui était donc cette mère dont Isabelle était si entichée ?

Jacqueline était née en 1920 et on ne savait presque rien de sa famille, sauf que son père, Gilbert, avait été menuisier dans les Charentes et s'était retrouvé après la guerre à Bordeaux. La grande affaire de cet homme sombre, violent et taciturne semble avoir été de se bâtir une maison. Il s'était acheté un petit terrain en banlieue, à Talence et, sans encore savoir qui habiterait avec lui, il se construisit une sorte de refuge. Il en creusa lui-même les fondations, en édifia seul les murs et aménagea un rez-de-chaussée. Il avait prévu de construire des étages quand sa famille aurait besoin de s'agrandir. Il y avait de la fourmi dans cet homme-là ! Dès que la maison fut prête, il fit la connaissance d'une jeune fille qui s'appelait Isa — un prénom peu courant à l'époque — et qui n'avait pas vingt ans quand il en avait, lui, près de trente-cinq. Sans doute était-elle déjà enceinte quand elle vint vivre avec lui dans la demeure toute neuve. Ils se marièrent juste avant qu'elle ne donne naissance à Jacqueline.

Deux mois plus tard, Isa s'en alla en abandonnant sa fille. Elle disparut. Pour toujours.

L'histoire s'arrêtait là. On ne savait rien d'autre.

Pourquoi une mère abandonne-t-elle ainsi son enfant ? Que ressent la petite Jacqueline ? Et plus tard, elle dont la mère n'a pas voulu, quelle mère sera-t-elle pour sa fille, l'Isabelle que nous connaissons ?

On comprend que la maternité n'ira peut-être pas de

soi pour Jacqueline et que sa fille Isabelle aura, sans le savoir, beaucoup à lui reprocher et donc, dans sa vie consciente, beaucoup à se faire pardonner.

Cependant — et Isabelle le tenait de sa tante Jeanne, la sœur de son père —, il semblait qu'Isa, la femme de Gilbert, fût revenue de nombreuses années plus tard. Gilbert était alors remarié et achevait la construction de sa maison. Elle était réapparue, un jour, brusquement, pour voir Jacqueline. Gilbert aurait eu avec elle une dispute d'une extrême violence et l'aurait jetée dehors. Depuis, rien. Le silence. Gilbert maintenant était mort ; les parents ne voulaient rien dire et la tante Jeanne — qui était un peu la mémoire de la famille — venait de mourir, juste au moment où il aurait fallu lui poser des questions !

C'était étrange, disait la jeune femme. Je ne la connaissais pas assez pour oser lui dire que ce n'était sans doute pas une coïncidence — les coïncidences n'existent pas —, mais un fait exprès.

Une hâte s'était à nouveau emparée d'elle. La disparition de ses papiers seule la préoccupait. Il lui fallait partir. Elle se leva. Elle reviendrait me raconter la suite de l'histoire. J'eus à peine le temps de la remercier, elle s'était déjà enfuie. Son récit me paraissait absolument dénué d'intérêt. Mais, à cause de ce vide même, il me parut qu'il y avait peut-être là le germe d'une histoire.

Je revis Isabelle quelques semaines plus tard. Elle était à nouveau bousculée par les menus désastres de la vie. Dolente encore et toute remuée, elle me raconta ce qui lui était récemment arrivé. Je crois important de retranscrire son récit. Il est en relation directe avec le secret dont elle était venue me parler — en fait son propre secret, comme on le verra.

C'est d'abord ce qui lui est arrivé le matin même, chez elle, avant de venir me retrouver.

Elle entend dans la rue le fracas d'un accident, des cris, des hurlements, une clameur. Elle court à la fenêtre. Deux voitures viennent de se heurter au carrefour et une femme a été renversée, projetée contre le trottoir. Elle gît, inanimée, le visage plein de sang. Debout devant elle, une petite fille blonde pleure, épouvantée. Isabelle est bouleversée par la vision de cette enfant qui crie devant le corps de sa mère ; elle est prise d'une sorte d'étourdissement et croit s'évanouir.

Sans être psychanalyste, le lecteur comprendra ici qu'Isabelle s'identifie à la petite fille et vit quelque chose qui ressemble à la mort de sa propre mère. Une mort inconsciemment souhaitée (chaque petite fille, on le sait, souhaite la mort de sa mère, puisque celle-ci s'interpose entre elle et son père) et dont l'idée lui est d'autant plus intolérable qu'il lui faut continuer à aimer Jacqueline. Cette classique mécanique n'est ici démontée que pour signaler le secret œdipien d'Isabelle. Elle est piégée. Elle ne peut que s'évanouir ou protester contre l'intolérable contradiction qui fonde toutes les vies et tous les secrets de famille : être obligé d'aimer les personnes que l'on déteste !

Or, presque au même moment, on sonne à sa porte. Un artisan du quartier vient lui réclamer le paiement d'une facture qu'elle croyait avoir depuis longtemps réglée. Ils discutent, se disputent même et, après son départ, une fureur la submerge, elle qui met toujours un point d'honneur à ne jamais céder à la colère. Elle a envie de tout détruire, de tout saccager dans son appartement et elle finit par s'enfermer dans la salle de bains — pour se protéger de sa propre violence, disait-elle —, et elle se met à pleurer et à taper des poings contre les murs. Cette déflagration de colère injustifiée confirme bien la contradiction affective où elle se trouve.

C'est ensuite ce qui lui est arrivé lorsqu'elle est allée à Bordeaux, une quinzaine de jours auparavant, pour régler des affaires de famille — l'héritage de sa tante Jeanne.

Il fallait d'abord savoir qu'elle avait passé toute son enfance dans la maison du grand-père Gilbert, à Talence, une demeure que sa mère, Jacqueline, n'avait jamais aimée et qui était, pour elle aussi, toute chargée de tristesse et d'angoisse. Elle se souvenait toujours avec une extrême précision d'un cauchemar qu'elle avait souvent fait quand elle était adolescente... Elle se trouvait dans la chambre de ses parents, toute seule, quand des hommes noirs et masqués entraient par la fenêtre qui donnait sur la rue. « Ils voulaient me tuer parce que j'avais pris la place de ma mère. J'étais terrorisée et ne parvenais pas à m'enfuir. »

Elle en avait alors le pressentiment, et elle en était maintenant certaine : cette maison était maléfique. Elle croyait fermement qu'il s'y était autrefois déroulé des événements épouvantables. Dans ses murs ou dans ses fondations, quelque chose était enfoui, quelque chose de terrible. Elle le savait. Son grand-père Gilbert avait assassiné Isa quand elle était revenue et avait fait disparaître son corps dans la maison même.

Isabelle passe donc quelques jours à Bordeaux. Un matin, elle songe qu'elle n'aura sans doute jamais plus l'occasion de revenir dans cette ville ni de revoir la maison de son enfance, cette maison que ses parents ont depuis longtemps vendue. L'idée lui vient de s'y rendre et de la photographier. Elle entre alors dans un magasin et, impulsivement, achète une caméra vidéo, un camescope. Le vendeur lui en explique le fonctionnement et elle part pour Talence.

La place de la mairie, l'église, l'école. Rien, depuis vingt ans, n'a vraiment changé. Elle retrouve la rue qui conduit à la maison et, la caméra sur l'épaule, commence à filmer. Des chantiers, des villas abandonnées ou en démolition. Elle arrive devant la vieille maison, un pavillon mal entretenu mais encore habité, reconnaît la fenêtre de sa chambre qui donne sur la rue.

Et à ce moment-là, la caméra tombe en panne ! Isabelle éprouve une violente frustration et se sent désemparée. Elle voudrait sonner à la porte de cette maison, entrer, expliquer sa démarche, filmer la salle à manger, la chambre des parents, et aussi la cave. Elle ne peut rien faire, elle est comme interdite. Elle s'en va. Elle se dit seulement qu'il lui faudra revenir. Il faudra qu'on l'avertisse, le jour où on démolira cette maison d'où une jeune mère s'est enfuie en abandonnant sa fille et où, à son retour, elle a été assassinée. Le corps est là, dans les murs !

Une précision s'impose. J'ai choisi de relater non seulement le « secret » lui-même — une femme disparaît en abandonnant son bébé — tel qu'il m'a été raconté par Isabelle, mais aussi le discours qu'elle tient autour de ce récit, et qui l'accompagne, l'enveloppe et l'oriente. Les épisodes de la vie d'Isabelle, l'accident auquel elle assiste, son altercation avec l'artisan, sa visite à la maison de Talence ne semblent pas *a priori* avoir trait au secret. Ils ont à voir avec Isabelle *et* le secret, comme je voudrais le faire maintenant entendre. En allant un peu plus loin, on peut avancer que la perte des papiers d'Isabelle — cette perte de son identité — fait également partie de l'histoire. C'est une totalité narrative dont tous les éléments sont reliés par les mêmes significations et tournent autour du secret. Le contenu de l'histoire n'est pas séparable de sa narration ; ils se constituent l'un l'autre.

On trouvera également dans le prochain récit, celui de « La double famille », non seulement l'histoire du secret lui-même, mais également des séquences de la vie du narrateur et de celle d'un de ses lointains parents, séquences qui n'ont, toujours *a priori*, pas de lien avec le secret mais qui sont tout de même reliées entre elles par le sens. Il est impossible de ne pas y voir les fils ténus de la transmission généalogique et de son accomplissement. Il faut en effet se méfier du morcellement et des séparations trompeuses. Il me semble essentiel de bien faire percevoir cette superposition du secret et de sa quête.

Avec l'histoire d'Isabelle, nous sommes au lieu même où s'opère la transmutation entre la quête du secret extérieur, historique et anecdotique, et la quête du secret intérieur qu'Isabelle porte en elle. A l'ancienne question « Pourquoi la mère a-t-elle abandonné son enfant et qu'est-elle devenue ? », se substitue une autre question : « Quel est le secret que la petite fille a elle-même enfoui avec ses terreurs dans les fondations ou les murs de sa maison ? » L'énigme alors change de sens. Ce n'est plus un secret de famille. C'est le secret de la petite fille. La disparition de sa tante Jeanne survient comme un fait exprès. Elle vient dire à Isabelle : « Ce n'est pas la peine de chercher autour de toi, dans des récits extérieurs, une réponse à ta question. Tu détiens la clé de l'énigme véritable. Le secret t'a été transmis pour que tu cherches, et qu'en cherchant tu mettes à jour une vérité de toi-même qui est à l'intérieur de toi, à l'intérieur des murailles de ton corps, et non dans les murs d'une malheureuse maison familiale. C'est ta propre énigme que tu as à résoudre et non pas quelque obscur point de ton histoire familiale qui n'intéresse absolument personne. » Et la caméra tombe justement en panne, comme pour lui signifier qu'il ne sert à rien de filmer la maison de son enfance... Le secret de famille la renvoie de façon fulgurante à elle-même. Il y a peu de chance en effet pour que le cadavre d'Isa (admirons au passage le merveilleux enchaînement du prénom entre la grand-mère et la petite-fille !) ait été dissimulé dans la cave ou les murs de la maison par un mari assassin et que son fantôme hante les lieux ! Par contre, il y a bien un fantôme qui rôde dans l'inconscient de la seconde Isabelle, un fantôme surgi de son enfance. C'est de lui qu'elle a peur. Et c'est lui pourtant qu'elle veut découvrir.

Peut-être ne s'agit-il toujours que de cela dans les secrets de famille. D'une énigme proposée à chacun pour qu'il s'interroge sur son propre mystère et se pose la bonne question : « Qui suis-je ? »

Qui êtes-vous, Isabelle ? Elle répondrait : « Je suis celle qui a voulu tuer sa mère et prendre sa place dans la chambre des parents. »

Quelques mois plus tard, elle m'écrivit pour me dire que beaucoup de changements étaient survenus dans sa vie. Elle n'habitait plus Paris. Elle venait de divorcer. Elle avait abandonné son ancien métier d'enquêtrice pour une fonction commerciale dans une entreprise. Et enfin, elle s'était séparée de sa mère dont le dévouement qui empiétait sans cesse sur sa vie avait fini par lui sembler suspect.

Le secret, on croit qu'il gît, inanimé, qu'il se dissimule, opaque, dans les ténèbres. Non. Le secret, c'est ce qui en nous appelle et demande à voir le jour. C'est une force qui fore dans le noir, qui se heurte aux habitudes, aux convenances, aux paresses et qui, comme une galerie sous la montagne, nous permet de passer d'une contrée à une autre. Après la révélation d'un secret, nous ne pourrons plus jamais être les mêmes. Ce que nous découvrons de notre histoire nous oblige à reconsidérer ce que nous sommes et on ne peut plus faire comme avant.

La double famille

Cette histoire, sa banalité la rend exemplaire, et elle est en même temps presque terrifiante par ce qu'elle sous-entend. Elle raconte le malheur des enfants dépossédés.

Frédéric Gandilhon enseignait l'histoire de l'art et avait publié quelques ouvrages sur des peintres symbolistes. Il avait la soixantaine, les cheveux blancs, l'air distingué, des petites lunettes à monture dorée, et son visage exprimait une profonde, une incommensurable tristesse.

Il commença son récit avec beaucoup de précautions. Il voulait en effet le situer dans son contexte social, remonter aux origines de sa famille, faire œuvre d'historien en somme — exactement comme moi-même, au début, j'avais souhaité le faire. C'était sa façon de dédramatiser les choses, de décrire des cercles autour d'une histoire qui ne pouvait être que la sienne, il le savait. Naturellement, il hésitait. Il pressentait qu'il allait devoir se dévoiler, l'acceptait et le refusait en même temps, ce qui le rendait pathétique. Il se résolut enfin à en venir au fait.

C'est son récit que je vais ici transcrire, en signalant au fur et à mesure les points qui me paraissent importants.

Albert Gandilhon tenait avant-guerre une des plus

célèbres galeries d'art de la rive droite. C'était un homme d'ordre qui avait si méticuleusement organisé sa vie qu'elle n'avait jamais laissé place au moindre hasard ou à la moindre surprise. Chaque matin, à dix heures, il quittait son grand appartement de l'avenue de Ségur et se rendait à la galerie puis, comme il était extrêmement attaché à sa mère, tous les jours, vers midi, il allait lui rendre visite. Il retournait ensuite à ses occupations professionnelles et rentrait chez lui le soir, à sept heures exactement, retrouver sa femme Eléonore et ses deux enfants, Frédéric et Céline. Chaque dimanche, il s'en allait passer la journée à Auteuil, chez des amis, disait-il. Il n'y avait jamais eu de faille dans cette extraordinaire organisation.

On notera donc la méticulosité maniaque avec laquelle Albert Gandilhon gérait sa vie. On comprendra plus tard combien elle lui était nécessaire.

Il avait épousé sur un coup de foudre — et bien qu'elle eût quinze ans de plus que lui — la fille d'un peintre célèbre, la belle, brillante et séduisante Eléonore. Et on remarquera d'ailleurs à ce sujet que la propre mère d'Albert avait, elle, vingt-cinq ans de plus que son mari. Cette coïncidence n'est pas, on le conçoit, l'effet du hasard.

Nous sommes en 1936. Frédéric a douze ans et sa sœur Céline, dix ans. En raison de la crise ou des événements sans doute, les affaires marchent mal et la famille a des difficultés. Les parents, Albert et Eléonore, commencent à se quereller. La scène se déroule toujours de la même façon. Pendant quelques jours l'humeur d'Albert Gandilhon s'assombrit, il ne parle plus, il se referme sur lui-même et la colère s'accumule en lui. Elle éclate comme un orage. Critiques, reproches, insultes et cris terrorisent Frédéric et sa sœur.

Albert est donc un père lointain, inquiétant, secret et tyrannique. Il ne parle pas. Ses enfants sont habitués à ne rien savoir de ce qu'il fait, pense ou ressent et il ne leur viendrait jamais à l'esprit de lui poser une question ; ils cesseront d'ailleurs très vite de se poser des questions à son sujet.

Cette même année, Albert Gandilhon perd sa mère. Sa mort explique peut-être qu'il ait pu alors se sentir libéré de certaines obligations ou contraintes morales, comme le montrera la suite de l'histoire. C'est aussi cette année-là que la famille cesse d'aller en vacances à Saint-Jean-de-Luz, ainsi qu'elle en a, depuis des éternités, l'habitude. Elle n'y retournera d'ailleurs jamais plus.

Vingt ans plus tard, en 1956, juste après la mort d'Eléonore, la famille Gandilhon s'installe rue du Cherche-Midi où elle demeure encore. Au premier étage, Albert Gandilhon et sa fille Céline qui restera toujours auprès de lui, dévouée, aigrie et taciturne. Au second, Frédéric et sa femme ; il vient en effet de se marier, mais il a dû renoncer à l'idée d'avoir des enfants.

La vie continue, toujours aussi banale et organisée.

Soudain, au mois de juillet, Albert annonce qu'il a été invité, en vacances, au bord de la mer ; il demande même à Frédéric de le conduire à la gare et de venir l'y rechercher, une quinzaine de jours plus tard. Stupeur ! C'est le premier déplacement qu'on lui voit entreprendre... Frédéric accompagne donc son père à la gare d'Austerlitz et, à sa demande, le laisse à l'entrée des grandes lignes. Mais la curiosité, naturellement, le fait revenir sur ses pas et, en se dissimulant dans la foule, il le découvre en compagnie d'une inconnue, une jeune femme aux cheveux blond vénitien. Ils semblent intimes. Elle l'embrasse, souriante et très à l'aise, et ils prennent le train pour la côte basque.

Par la suite, il partira tous les ans, en juillet, trois semaines ou même un mois, toujours sur la côte basque — peut-être même à Saint-Jean-de-Luz.

Frédéric et Céline se doutaient que leur père avait rencontré là quelque aventure amoureuse, mais ils se gardaient bien d'en parler entre eux.

Nous sommes maintenant en 1966. Frédéric et sa femme sont au théâtre quand, à l'entracte, ils aperçoivent Albert Gandilhon en compagnie de deux petites filles blondes à qui il parle avec animation. Lorsqu'il voit son fils et sa belle-fille, il leur fait un vague signe et leur tourne ostensiblement le dos. Frédéric est stupéfait. Jamais son père n'est sorti avec ses enfants à Paris et jamais ne les a emmenés à un spectacle ou à une exposition !

Frédéric le rencontrera encore, plusieurs fois, toujours en compagnie de ces petites filles blondes qui le tutoient — alors que chez les Gandilhon les enfants ont toujours voussoyé leurs parents !

Frédéric finit par s'inquiéter. Qui sont ces petites filles ? Il se pose des questions. Bien que sa sœur et lui ne se fassent plus depuis longtemps de confidences, il va trouver Céline pour en parler. Elle, qui vit depuis trente ans avec son père, elle a eu le temps de rassembler des indices, la foule des détails auxquels, isolément, on ne prend pas garde mais qui, réunis, ont une cohérence. Elle a regardé, surveillé, épié, espionné peut-être. Elle sait. Elle le révèle maintenant à son frère.

Frédéric doit se rendre à l'évidence : depuis trente ans, son père a une autre vie. Et il voit apparaître, en clair-obscur, comme un double de la sienne, une autre famille.

Il semble qu'au début des années 30 Albert Gandilhon ait eu une liaison avec une femme, sans doute rencontrée à Saint-Jean-de-Luz. Cette femme, personne ne l'a jamais vue et on ne sait rien d'elle. On ne sait même pas si elle vit encore. Une fille est née, vers 1937. C'est elle qui habite Auteuil, c'est chez elle, sa propre fille, qu'Albert se rend le dimanche. C'est elle que Frédéric a rencontrée gare d'Austerlitz et qui a une chevelure blond vénitien. Elle est sa demi-sœur. Et, mariée, elle a deux enfants, les deux petites filles blondes rencontrées au vernissage.

Un chapitre de ce livre pourrait être consacré aux mécanismes de la résistance. C'est une chose étrange en effet que de voir les efforts déployés pour ne pas savoir, les subterfuges utilisés pour éviter de rencontrer une vérité pourtant bien lointaine et dépourvue d'importance pratique, mais dont on perçoit qu'elle pourrait fissurer des constructions fragiles : les images que l'on s'est formées de la famille ou de tel ou tel parent.

On alléguera par exemple l'absence de temps disponible pour la recherche ou le questionnement : « Il me faudrait avoir l'esprit libre pour m'en occuper ! ». Naturellement personne n'a jamais l'esprit libre pour cela, et on renverra simplement la recherche à plus tard. On pourra également affirmer qu'il est absolument inutile de se tourner vers le passé, « attitude régressive et nombriliste » ! On évitera de prendre le risque — illusoire — de faire à la famille la moindre peine en lui posant la moindre question. On pourra également supposer le problème résolu : « Il y a certainement une histoire là-dessous ! » — pour se dispenser d'aller y voir de plus près. On pourra enfin idéaliser le passé de manière à ce qu'il devienne intouchable.

Mais la meilleure des défenses, c'est encore l'incuriosité. Elle frappe de stupeur des personnes intelligentes et sensibles, les rend sourdes et aveugles. C'est naturellement la solution que l'inconscient choisit de préférence en cas de risque grave.

Lorsque Albert Gandilhon a quatre-vingts ans, il ne lui est plus possible de se rendre seul à Auteuil, le dimanche. Les deux jeunes filles blondes viennent alors le chercher en voiture, accompagnées de jeunes gens dont on ne sait pas s'ils sont leurs frères, leurs amis ou déjà leurs maris.

Il est un peu plus tard, pour la première fois de sa vie, gravement malade. Les jeunes filles appellent pour prendre de ses nouvelles, elles viennent le voir. Très discrètes, elles ne restent qu'un quart d'heure, une demi-heure, jamais davantage et parlent à voix basse, comme pour ne pas déranger. La mort d'Albert Gandilhon semble imminente.

Une autre personne, soudain, surgit. Un homme. Nul n'a jamais entendu parler de lui. Il écrit. Il fait des démarches auprès du notaire... Il veut que son père le reconnaisse avant de mourir.

Et Frédéric découvre qu'il a un demi-frère, et qui porte le même prénom que lui !

Je n'essaierai pas de reconstituer ici tout le système mis en place par Albert Gandilhon pour rendre viable sa double existence, et non plus d'expliquer ses motivations : on ne connaît que quelques détails de sa vie. On perçoit bien l'importance d'une mère et d'une femme dominatrices auxquelles il tenta d'échapper, mais on ne peut guère aller plus loin.

Cependant on s'interrogera sans fin sur les raisons qui

l'ont conduit à donner à ses deux fils le même prénom et ainsi à les nier tous les deux.

Contre toute attente, Albert Gandilhon guérit. Il a maintenant quatre-vingt-dix ans. Il va toujours chez sa fille, à Auteuil, le dimanche. Tout est redevenu comme avant. Ses petites-filles lui téléphonent ou lui écrivent. Elles sont toutes les deux mariées. Un jour elles sont même venues le chercher avec leurs enfants, qui sont donc ses arrière-petits-enfants — les seuls qu'il ait, puisque son fils Frédéric — celui que nous connaissons — n'a pu en avoir et que sa fille Céline ne s'est pas mariée.

Frédéric se tut. C'était la première fois peut-être qu'on l'interrogeait sur son histoire et qu'il parlait de lui. Il me faisait penser à un enfant qui aurait eu le cœur gros et qui n'aurait pas osé savoir pourquoi. Le silence devenait lourd. Il lui fallait parler. Il m'expliqua qu'il écrivait la biographie d'un de ses ancêtres dont il avait retrouvé la correspondance.

Il s'agissait d'un Alphonse Gandilhon, né en 1810, à Nice. Un médecin, un esprit universel qui s'intéressait aux arts comme aux sciences, et qui avait attaché son nom à la découverte d'un fossile fort rare. Il avait épousé une femme possessive et acariâtre, qui ne se préoccupait que de sa fortune et de sa position sociale. Son fils avait manifesté très tôt des dispositions singulières pour le dessin et la peinture, étudié aux beaux-arts et même obtenu le prix de Rome. C'était avec ce fils aimé qu'Alphonse avait entretenu pendant presque quinze ans une correspondance quotidienne. Il y racontait son amour désespéré pour une jeune Anglaise languide qui se mourait de phtisie sur la Côte d'Azur. Cette passion tardive le consolait de la tristesse de sa vie. Ils écoutaient ensemble de la musique ; il lui lisait des poèmes ; il observait les progrès d'une improbable guérison. Puis l'Anglaise regagna l'Angleterre. Alphonse confia longuement à son fils son désespoir et se laissa mourir.

Frédéric aimait beaucoup cette histoire. Il y avait en elle, disait-il, quelque chose qui l'émouvait profondément...

Je crois qu'on peut facilement le comprendre. C'était sans doute à cause de cette relation apparemment si proche et si aimante entre un père et son fils — et qui était évidemment celle qui lui avait manqué. C'était également à cause de cette romantique histoire d'amour — elle éveillait dans sa vie la nostalgie d'un amour impossible.

Et il me parla alors de sa vie. Son mariage avait été un échec. Il avait même pensé divorcer d'avec une femme au caractère épouvantable, mais n'avait pu s'y résoudre car cela allait à l'encontre de ses idées religieuses. Il était maintenant trop tard pour regretter quoi que ce soit, disait-il, mais il ne parvenait pas à dissimuler son amertume.

Une dizaine d'années auparavant, il avait rencontré une femme, mariée elle aussi, et ils s'étaient aimés. Son mari avait été nommé un jour à l'étranger, et il avait fallu prendre une décision. Elle voulait divorcer et rester avec lui mais il avait refusé cette aventure. Ils s'étaient séparés et ne s'étaient jamais revus.

Il s'interrompit brusquement, gêné : « Je ne sais pas pourquoi je vous raconte cela. » Il se leva, hésita un instant : « Au fond, je ne sais pas si mon père nous a aimés ! »

Il me dit au revoir et s'en alla, très vite, me laissant ces petites histoires d'amour et d'impuissance qui semblaient se correspondre et se répondre, d'une génération à l'autre, d'un siècle à l'autre.

Quelques semaines plus tard, j'ai reçu une lettre de Frédéric Gandilhon. Il me remerciait d'abord d'avoir été si attentif à des histoires qui, à son avis, ne méritaient guère qu'on s'intéressât à elles. Il précisait ensuite des détails sans importance. Enfin il me faisait part de ce qui lui était arrivé quand, après m'avoir quitté, il était rentré chez lui.

« Je me suis installé dans un fauteuil, écrivait-il, et tout d'un coup j'ai cru que ma tête éclatait. J'ai eu dans les yeux comme un flash, un éblouissement. J'ai perdu connaissance. J'ai ressenti ensuite une grande douleur dans l'œil droit et, pendant toute la soirée, j'ai eu très mal à la tête. Cela a recommencé le lendemain. Mais, cette fois, je ne me suis pas évanoui. »

Il y avait un post-scriptum. Il m'annonçait la mort de son père survenue quelques jours auparavant.

La reconstitution

Le mot secret possède deux sens. Il désigne d'abord ce qui est séparé, retiré, mis à part, dissimulé, impénétrable, environné de mystère. Il désigne également un moyen, un mécanisme ingénieux, un mode de connaissance qui permet d'atteindre un certain but.

Ainsi le secret de famille est-il à la fois l'objet et le moyen de la connaissance.

Pour être approché, il oblige à un véritable travail d'archéologie. Il faut creuser, gratter, dépouiller les apparences, confronter les indices, mettre à jour les sarcophages successifs où repose un semblant de vérité. Il faut se préparer. Ce travail est un art, une discipline, une ascèse, un voyage moins rempli de risques que de peines. Le secret n'est révélé qu'à celui qui est en état de l'entendre et il ouvre toujours sur un autre secret plus profond. Transmission de l'infime, de l'intime, de l'infini, de l'essentiel, il manifeste son action souterraine en créant des désordres et des souffrances, et celles-ci n'ont d'autre but que de manifester son existence : il ne faut pas qu'on oublie sa présence qui taraude la vie.

L'histoire qui suit est celle d'un homme qui croyait ne pas avoir de secret de famille.

Il s'agit d'un de mes plus proches amis, un historien. Je l'appellerai Thomas : il lui fallut en effet chercher avec acharnement les preuves tangibles de dissimulations dont, maintenant encore, il ne connaît ni tous les aspects ni toutes les causes. Comme nous étions très liés, il me questionnait régulièrement sur mes travaux et leur avancement et il semblait même y prendre un réel intérêt. Il me déclara un jour en riant qu'il était presque déçu de ne pouvoir m'aider : il n'y avait, dans sa famille, aucun secret ! Je manifestai mon scepticisme car, en ce domaine, j'avais pris pour règle de douter de toutes les assertions un peu trop péremptoires. Il m'expliqua que ses parents lui avaient souvent raconté leur histoire et que, par ailleurs, il ne possédait aucune famille, ni du côté paternel ni du côté maternel (ils étaient tous morts pendant la guerre). Il ne se connaissait, il ne s'était jamais connu le plus lointain cousin, la moindre petite nièce, et il était lui-même enfant unique.

Tout ceci paraissait d'une simplicité extrême et je ne doutais pas que sa famille fut réduite, comme il le disait, mais il me semblait que c'était tout de même une chose assez rare pour qu'on s'interroge. Je lui demandai donc de me raconter plus précisément son histoire. (Averti par les récits qui précèdent, le lecteur saura sans doute déjà y découvrir matière à suspicion.)

Le père de Thomas, Jean Beyssat, professeur d'histoire, était mort quelques années auparavant d'une grave maladie des os et sa mère achevait sa vie dans une maison de retraite où il allait régulièrement la voir.

Ce qu'il savait de la branche paternelle tenait en quelques phrases. Les Beyssat étaient originaires de la Haute-Loire et le grand-père, Adrien, professeur au lycée du Puy, avait épousé Thérèse en janvier 1914. Elle enseignait alors dans une école religieuse. Ils étaient l'un et l'autre très croyants. On peut déjà noter qu'ils étaient tous les deux enfants uniques, ce qui explique en partie le désert familial qui sera celui de Thomas. Mobilisé dans les premiers jours d'août 1914, Adrien avait été tué quelques semaines plus tard, peu avant la naissance de Jean. Thérèse n'avait jamais voulu se remarier et s'était consacrée avec beaucoup de mérite à l'éducation de son fils. Comme elle était une remarquable pédagogue, les autorités religieuses l'avaient appelée à Paris pour enseigner dans un collège célèbre. Elle était morte pendant l'Occupation et avait été inhumée au cimetière de Pantin car il était alors impossible de ramener son corps dans le village dont elle était originaire.

Ce qu'il connaissait de la branche maternelle était plus bref encore. Les Dolivier étaient une paisible famille de bourgeois parisiens qui avaient connu de graves revers de fortune. Le dernier rejeton, Lucien, le grand-père de Thomas, avait épousé en 1919 une jeune fille non moins ruinée et de non moins bonne origine. Ils tenaient une galerie d'estampes et de gravures près de l'Odéon. Ils eurent eux aussi une enfant unique, Renée, la mère de Thomas, qui naquit en 1920. Là encore sa famille se réduisait à sa plus simple expression puisque Renée se retrouva absolument seule lorsque ses parents disparurent pendant la guerre (ils furent inhumés, comme Thérèse, au cimetière de Pantin). Puis Renée rencontra Jean Beyssat et l'épousa juste après la Libération.

Thomas avait donc vécu privé de cet environnement familial qui semble parfois peser si lourdement sur les gens, qui les nourrit sans doute, mais aussi les paralyse. Enfant, il s'était cependant toujours plu à imaginer ces grands-parents dont on ne parlait presque jamais chez lui : le professeur du lycée du Puy qui le faisait penser à Jules Vallès, ou encore, dans une galerie de la rue de Seine, parmi les gravures et les eaux-fortes, les Dolivier qu'il se représentait comme des esthètes raffinés et sensibles.

Lorsqu'il eut achevé cette histoire si simple et si banale, il me demanda ironiquement ce qu'il lui fallait faire pour découvrir ses secrets de famille. Je me souviens de lui avoir alors répondu très sérieusement, sur le ton de la consultation, comme je le faisais habituellement quand on m'interrogeait sur ce sujet — et comme je pourrais encore le conseiller au lecteur :

« Si vous m'en croyez, ai-je dû lui dire, vous regarderez d'abord le livret de famille de vos parents. Puis vous consulterez tous les papiers encore en votre possession, tels que les actes de vente ou de succession, les contrats de mariage. Vous vérifierez soigneusement les noms et les dates et vous vous assurerez de leur cohérence. Vous explorerez particulièrement les endroits où la tradition orale paraît rendre l'histoire évidente. Vous irez ensuite dans les mairies, à la recherche des actes de naissance, de mariage et de décès de vos proches ancêtres. Vous les lirez attentivement et vous découvrirez tout ce qu'ils racontent en quelques mots. Sans doute devrez-vous aller chez quelque notaire. Peut-être devrez-vous visiter quelque cimetière pour repérer les noms et les dates gravés sur une tombe. A un moment ou à un autre, des questions surgiront... Mais ne vous perdez pas dans des recherches historiques stériles. Ne vous croyez pas obligé de faire remonter votre famille au XVIIe siècle... même si cela vous tente ! Sachez vous limiter à trois ou quatre générations, cela suffit, en général. »

Thomas s'en alla, perplexe, et ce fut ainsi que l'aventure pour lui commença. Je voudrais maintenant en raconter les divers épisodes.

Lorsque je le rencontrai à nouveau, quelques jours plus tard, je vis tout de suite à son visage qu'il s'était passé quelque chose.

Il avait cherché le livret de famille de ses parents et avait pour cela fouillé dans tout un fatras de lettres, de factures et de contrats. Il ne l'avait pas trouvé mais n'en avait pas été, sur le coup, très surpris : sa mère l'avait sans doute emporté avec elle. Aussi, en allant la voir dans sa maison de retraite, avait-il discrètement regardé dans les paperasses qu'elle gardait auprès d'elle. En vain. Il l'avait alors questionnée. Elle lui avait expliqué que le livret avait été retenu, égaré plutôt, longtemps auparavant, par l'administration... Etrange disparition où Thomas n'avait encore voulu voir qu'une banale coïncidence, mais qui jetait quand même une ombre sur la véracité d'une histoire dont il n'avait jusqu'alors jamais douté.

La chose lui était apparue alors qu'il vérifiait un bordereau que la Sécurité sociale avait adressé à sa mère. Bien que l'indice fût évident, il aurait pu continuer à l'ignorer si une souterraine vigilance ne l'avait rendu plus attentif à certains détails. Il avait en effet découvert que sa mère n'était pas née dans le VIe arrondissement, comme il l'avait toujours cru, mais dans le Xe, qui va de Belleville à la gare du Nord et qui englobe, autour du canal Saint-Martin, des quartiers populaires où les bourgeoises de la rive gauche n'ont pas précisément l'habitude d'aller accoucher ! La raison en tenait-elle à une clinique réputée ? A quelque médecin célèbre qui aurait exercé à l'hôpital Saint-Louis tout proche ? Il avait voulu en avoir le cœur net et s'était rendu à la mairie du Xe arrondissement, rue du Faubourg-Saint-Martin, pour chercher l'acte de naissance de sa mère.

Une foule silencieuse assiège la salle de l'état civil et il prend son tour dans une longue file d'attente. Au contraire de ceux qui l'environnent et qui sont poussés par l'urgence et la nécessité, il vient en ce lieu sans obligation, sans but avouable, par caprice, avec le luxueux souci d'un enfant gâté qui veut savoir pourquoi sa mère est née en tel arrondissement plutôt qu'en tel autre ! Il en éprouve presque une culpabilité — celle de ceux qui s'intéressent plus au déchiffrement de leur petite histoire qu'à celle de l'univers et qui n'osent pas croire qu'ainsi faisant ils s'occupent de l'essentiel.

Puis il s'entend appeler par son nom — un peu comme autrefois à l'école —, et l'employée lui remet un papier insignifiant, une photocopie du quarante-quatrième feuillet du registre des naissances de l'année 1920. Ce n'est qu'une fois sur le trottoir, devant le ventre bedonnant de la mairie du Xe, qu'il prend le temps de lire, lentement, l'acte de naissance de sa mère. La stupeur alors le cloue sur place. L'insoupçonnable réside dans le corps même du texte, dans le détail de quelques mots anodins :

L'an mil neuf cent vingt, le vingt et un novembre à quatre heures du soir, acte de naissance de Renée Madeleine, du sexe féminin, née avant hier matin à quatre heures chez ses père et mère, rue de Sambre et Meuse 23, fille de François Lucien Dolivier âgé de vingt huit ans, manœuvre, et de Cécile Marie Pungier, âgée de vingt deux ans, mécanicienne, son épouse. Dressé par nous, Victor Guttin, officier de l'Etat Civil du dixième arrondissement de Paris, sur la présentation de l'enfant et la déclaration faite, le père absent, par Louise Tenier femme Jannin, sage-femme ayant procédé à l'accouchement en présence de Gabriel Geniez, vingt neuf ans, manœuvre, 59 rue de Sambre et Meuse, et de Albert Pallut, trente ans, boucher, 28 même rue, qui ont signé avec la déclarante et nous, après lecture.

La charmante image du couple de bourgeois, un peu artistes et ruinés, qui auraient tenu, dans l'entre-deux-guerres, une galerie d'art près de l'Odéon, s'effondre d'un coup et il voit surgir devant lui — avec une présence et une évidence presque physiques — ses grands-parents véritables, François Lucien Dolivier, *manœuvre*, et Cécile Marie, *mécanicienne*, c'est-à-dire ouvrière sur machine dans un atelier d'industrie textile.

Pendant quelques instants il est tout à l'émotion de cette découverte. On lui a menti ! Sa famille maternelle n'est pas celle qu'on lui a dite. Pourtant, au fond de lui, quelque chose lui donne le sentiment qu'il la connaît. Ses grands-parents, il lui semble les avoir déjà rencontrés dans la petite rue de Belleville, la rue de Sambre-et-Meuse, où ils habitaient. Il peut reconstituer leur existence, leurs gestes, leurs habitudes, leurs idées et même leurs langages. Il les voit vivre parmi les ouvriers et les petits commerçants du quartier, ceux-là mêmes qui furent les témoins de leur mariage et de la naissance de leur fille Renée — sa mère. Car lui reviennent en mémoire les détails que celle-ci lui a autrefois donnés quand elle lui racontait sa propre enfance. C'étaient les petits faits de la vie quotidienne — des histoires de voisinage, des difficultés d'argent, des plaisirs et des émerveillements simples, une fête, un voyage, un spectacle —, qui, il s'en rend compte maintenant, n'auraient jamais pu faire partie des souvenirs d'une petite bourgeoise, fût-elle déclassée : ils faisaient surgir la réalité enracinée en elle et dont elle n'avait jamais pu se défaire. Thomas reconnaît aujourd'hui les travestissements et les mises en scène qui ont permis de fonder le mythe d'une boutique d'estampes et de gravures au quartier Latin et d'essayer d'échapper ainsi à l'horreur d'une condition sociale misérable.

Puis, brutalement, les questions surgissent et se bousculent. Et, d'abord, pourquoi ce mensonge ? S'agissait-il de masquer une faute, un scandale, un déshonneur ou, pourquoi pas, quelque crime ? L'idée lui vient d'abord que cette dissimulation doit en cacher une infinité d'autres. Tout se révèle sujet à caution, l'histoire familiale, la crédibilité de son père et de sa mère, la foi qu'il avait en eux. Tout s'effondre. Des perspectives s'ouvrent, désespérément vides ou, au contraire, grouillantes d'hypothèses. Et une famille inconnue sort soudain de l'ombre. Sa mère n'a-t-elle pas des frères, des sœurs, des oncles et tantes, des cousins ? Les Dolivier grouillent peut-être autour de lui dans la ville. Il est peut-être pourvu d'une famille innombrable...

Alors il se précipite dans le premier café venu et consulte l'annuaire. Il s'attend à trouver des Dolivier en foule, il est prêt à leur téléphoner, à aller vers eux et à leur dire, lui l'enfant unique, l'enfant solitaire : « Regardez, c'est moi, je fais partie de la même famille que vous ! »

Or, et cela est presque plus inquiétant encore, il n'existe pas un seul Dolivier à Paris !

D'autres interrogations se font jour. Que signifie cette mention sibylline : *le père absent ?* Pourquoi n'était-il pas venu déclarer la naissance de sa fille ? N'était-il pas le vrai père ? Et comment se faisait-il que la fille d'ouvriers parisiens ait épousé le fils d'un agrégé de lettres ? Les questions s'engendrent vertigineusement les unes des autres, presque à l'infini...

Si j'ai donné autant de place aux ruminations intérieures de Thomas, c'est parce que tous ceux qui se sont inquiétés un jour de leurs origines les ont connues. Je le sentais perdu dans ses interrogations, presque désemparé. Je lui ai demandé ce qu'il comptait faire. Il voulait aller plus loin, me disait-il, et mettre à jour l'histoire de sa famille. Mais à vrai dire il ne savait pas très bien comment.

Je lui expliquai qu'il disposait tout de même de nombreux moyens pour remonter dans le passé et tenter d'y voir clair. Comme il connaissait à peu près, par déduction, la date de naissance des parents de sa mère, il pouvait essayer de trouver, à la mairie du Xe ou d'un autre arrondissement, leurs différents actes d'état civil. Il glanerait ainsi une foule de renseignements. En cas d'échec, il pourrait se rendre au cimetière de Pantin où il trouverait la date exacte et le lieu de leur décès. De là, il remonterait à l'acte de décès lui-même et aux actes de naissance et de mariage. Enfin, il pourrait découvrir les sépultures et — encore que cela fût aléatoire, à Paris, pour une famille de condition modeste — des noms et des dates inscrits sur les tombes.

Lorsque je le revis, Thomas avait suivi mes conseils... mais le mystère allait s'épaississant et l'histoire commençait à devenir vraiment étrange.

Il s'était en effet rendu au cimetière de Pantin. Il y avait retrouvé trace de ses grands-parents maternels, les Dolivier, et on lui avait même remis les certificats d'inhumation. Il avait alors découvert que son grand-père et sa grand-mère étaient morts à quelques jours d'intervalle. Plus surprenant encore, ils n'avaient pas été enterrés au même endroit ! Enfin, quand il avait manifesté le désir de se rendre sur les tombes, on lui avait signalé qu'elles n'existaient plus depuis longtemps : c'étaient des concessions provisoires. La famille — mais quelle famille ! — n'avait rien acheté... De nouvelles énigmes surgissaient. Comment expliquer que, décédés presque en même temps, ses grands-parents aient néanmoins été inhumés en des endroits différents et qu'il ne se soit trouvé personne pour leur assurer une sépulture de quelque durée ?

Ainsi, à peine avait-il commencé à chercher les traces

d'ancêtres longtemps ignorés qu'il découvrait leur absence. Leurs sépultures même avaient disparu. Ils ne possédaient même pas, comme la plupart des morts, une tombe portant leur nom — ils étaient dans l'indistinct d'une fosse commune ! Et si l'on veut bien songer que son grand-père paternel, mort à la guerre, n'avait certainement pas eu non plus de sépulture dans son village natal, mais que son cadavre avait bien plutôt pourri dans un charnier des côtes de la Meuse, on conviendra que Thomas avait quelques difficultés à situer sa famille et qu'elle se dérobait à ses recherches avec une résistance singulière. C'était presque un défi et c'est pourquoi, je crois, il prit subitement la résolution de se rendre dans le village de Haute-Loire qui était le berceau de sa famille paternelle. Pour tenter de retrouver quelque trace de ses origines.

On se souvient que le père de Thomas, Jean Beyssat, était né en 1914, quelques mois après la mort de son père, le professeur de lettres tué au front, et que sa mère Thérèse l'avait élevé seule, à Brioude d'abord et ensuite à Paris où elle avait été nommée professeur.

La réalité était autre. On l'aura deviné.

Je reçus un beau jour une longue lettre de Thomas, postée d'un village du Haut-Allier, où il me racontait ce qu'il avait découvert. J'en donnerai ici quelques extraits qui rendent compte de sa recherche et, surtout, de la conscience qu'il prit soudain, lui l'historien, de la force et du poids des générations :

« La secrétaire de mairie m'a accueilli avec beaucoup de chaleur, écrit-il, comme si j'étais l'ambassadeur d'une contrée lointaine venu rétablir des relations diplomatiques trop longtemps interrompues, et elle n'eut de cesse de connaître les raisons qui m'amenaient jusqu'à elle. Elle me fit remarquer qu'il y avait encore des Beyssat dans la commune, elle leur était même apparentée... Peut-être était-elle une de mes lointaines cousines ! Je me pris à la considérer comme telle, et non sans étonnement, car c'était la première fois qu'une pareille idée me venait à l'esprit en rencontrant quelqu'un. Elle m'ouvrit tout grand ses registres.

« Il ne me fallut pas longtemps pour trouver l'acte de naissance de mon père :

« *Le dix septembre mille neuf cent quatorze, à trois heures du soir, acte de naissance de Jean, René, François Beyssat, de sexe masculin, né le huit de ce mois, à cinq heures du matin à Saint Cernin du Dragon, domicile de sa mère Thérèse, Lucienne, Marie Beyssat, âgée de vingt trois ans, domestique, et de père non dénommé. Cette déclaration est faite par Antoinette Fournier, femme Trioullat, sage-femme qui a procédé à l'accouchement, âgée de quarante cinq ans, demeurant à Saint Cernin du Dragon, et en présence de François Rigaud, agriculteur, âgé de quarante deux ans, qui ont signé avec la déclarante et nous après lecture.*

« Et il y a, en marge, le texte suivant :

« *Par acte reçu en cette mairie, le 2 février 1919, Thérèse, Lucienne, Marie Beyssat a reconnu l'enfant inscrit ci-contre. L'Officier d'Etat-Civil, Maire de Saint Cernin du Dragon.*

« Vous n'avez pas besoin, je pense, de traduction, m'écrivait Thomas. Mon père était le fils naturel d'une domestique de vingt-trois ans. La seconde partie de mes représentations familiales vient de disparaître. Ma grand-mère, Thérèse, était partie à Paris avec son fils et avait inventé pour lui quelque explication plausible. Mais ensuite ? Jean et Renée, cet homme et cette femme qui sont mon père et ma mère, qu'ont-ils eux-mêmes réellement su, connu, découvert ou caché à leur tour ? Ils m'apparaissent maintenant sous un jour nouveau, comme des êtres différents de ceux que j'ai connus — au point que moi-même je ne suis plus ce que j'avais cru être. »

Il s'interrogeait encore ; c'était un mouvement sans fin pour essayer de comprendre. Ce secret, était-il possible que ses parents l'aient frôlé toute leur vie sans jamais le connaître ? L'avaient-ils dissimulé ? Et pourquoi ? Jean Beyssat était pourtant un homme de progrès, apparemment débarrassé des principes et des préjugés de la morale ordinaire. Tout le monde savait qu'il n'avait pas connu son père, mais on ignorait qu'il n'avait pas de père connu. Se devait-il de le cacher ? Avait-il un jour entrepris des recherches ? Et qui était donc son vrai père ?

Puis Thomas avait voulu en savoir davantage, remonter aux sources, mettre au jour les racines de la famille. Et il avait commencé à chercher dans les registres, à aller d'un acte à un autre, d'un nom à un autre, d'une date à une autre, d'un siècle à un autre. Et lui qui n'avait jamais eu de famille, s'était soudain découvert la plus formidable famille qui se puisse imaginer.

« Ils se sont levés, ils ont accouru par légions, ils ont envahi la salle. Hommes, femmes, enfants, vieillards, nourrissons, j'ai vu surgir le flot de tous ceux qui m'ont précédé. Je les ai vus, au fil des années, naître, se marier, mourir en un immense amas de familles nombreuses et ramifiées à l'infini. Il y en avait par centaines, c'était comme un débordement. Et dans le grouillement des noms et des alliances, dans l'enchevêtrement des clans, aux franges diffuses de la tribu, je pouvais pressentir les filiations douteuses, les cousinages incestueux, les dissimulations, les attachements contre nature, les adultères, les remariages trop prompts. Et surtout, je voyais ces morts d'enfants — la mort presque toujours des premiers-nés — qui transmettaient aux suivants, dans le même ordre, les mêmes prénoms. Et c'était une chose des plus étranges que cette répétition de prénoms et de noms identiques qui semblaient faire de la commune tout entière une affaire de famille. Antoine, Vital, Cirgue, Alexandre : des prénoms qui traînaient avec eux un imaginaire incroyable. Rigaud, Pastourel, Thiveyrat, Deloménède : je voyais sous ces syllabes rocailleuses de petits vignerons sur quelques arpents de mauvaise vigne, de petits artisans dans le village, de petits cultivateurs sur de minuscules lopins de terre, à Séniquette, à Cerzat, au Buisson. Je voyais ce qu'étaient les Beyssat et les autres et je ne fus bientôt plus qu'un descendant sans qualité, égaré dans le mouvement aveugle des générations. Je les répertoriai sur mon calepin, comme s'il eût été possible de mettre de l'ordre dans ce déferlement. Je découvris que j'avais des oncles, des tantes et des cousins par dizaines. Ils se reproduisaient et se multipliaient sans fin. J'ai commencé à perdre le sentiment de ma réalité, à abandonner la claire conscience de moi-même. Comme si j'avais été possédé. Je ne crois pas que cela se soit jamais produit auparavant dans ma vie mais, pendant quelques instants, dans la salle de cette mairie, je me suis senti autre. J'étais emporté dans le tourbillon du temps. Les générations se pressaient autour de moi, je voyais à quel point je dépendais d'elles. Je n'étais qu'un chaînon dans le maillage fantastique tissé par les familles et cependant je me sentais libre. J'étais tout petit et en même temps immense. Contraint absolument par ce qui m'avait été légué et cependant libre d'être et de comprendre ma place et mon rôle dans l'écoulement du temps. Ce fut, je crois, une vision. Et j'ai ressenti une sorte d'appel. Comme si tous ces ancêtres me demandaient d'inscrire leurs noms, comme si j'étais chargé d'établir le tableau où auraient figurés, rangés, en ordre, tous ceux qui avaient été mes parents. J'ai été tenté de dresser l'inventaire de cette famille. Par compensation pour celle que je n'ai pas eue. C'était la besogne de toute une vie, et peut-être était-ce pour cela que je m'étais fait historien !

« Et puis j'ai compris que cela ne servirait à rien. Le secret de leur vie n'était pas enclos dans des listes ni dans des tableaux généalogiques. Il était en moi. Dans ma vie même. Et ils me demandaient seulement de vivre pour moi-même.

« Ils ont alors repris leur existence et leur qualité. J'ai pu leur donner une vie, à tous ces ancêtres. Mâles et femelles, les mâchoires serrées sur le malheur du monde qui recommence à chaque génération. En blouse, en costume des dimanches, apprêtés pour les grandes occasions que sont les mariages et les décès. Et même, à force de voir leurs noms figurer dans les actes, j'ai cru reconnaître les fondateurs, ceux qui se tenaient à l'orée de ma famille, graves comme les membres de quelque conseil de fabrique soucieux d'assurer la pérennité de leur entreprise. Un grand homme sec qui devait être vigneron et qui ressemblait à mon père. Une femme blonde aux traits épais, comme on en voit sur les photographies du début du siècle, l'air faussement gai. Et encore, sous son chapeau de paille, une jeune fille noire comme un pruneau, le regard étrange, intense, peut-être même sournois, et qui devait être ma grand-mère ! Dois-je vous le dire ? J'ai été, ce matin, saisi par les morts. Je me suis découvert une famille et je me suis soudain trouvé chargé, moi aussi, de tout le poids d'une généalogie. »

Il existe un adage juridique qui m'a toujours fasciné : *Le mort saisit le vif*. Il a trait à une disposition du Code civil qui garantit les droits des enfants mineurs et la transmission des patrimoines. Mais j'ai toujours cru y distinguer la nature de la relation généalogique — le mort fait agir le vivant — lorsque l'on donne au mot saisir son aspect actif, positif et créateur.

Le secret, c'est du refoulé qui exige de voir le jour. Sa quête comme son dévoilement obligent à prendre conscience de ce qui l'a fondé — la tache originelle, la faute —, et donc à sortir de la confusion.

On pourrait croire que cette faute est enterrée, celle de toutes ces mères qui souffrent toujours de n'avoir pu être les épouses de leur père, celle de tous ces pères qui n'en finissent pas de vouloir dormir avec leur mère. On pourrait penser qu'elle va mourir et pourrir lentement, en se contentant de provoquer çà et là quelque marécageuse névrose ou quelque confusion psychotique. Il n'en est rien. Car le secret est un processus positif dans la marche du monde : sa révélation et sa compréhension sont toujours — toujours au terme d'une quête — un gain de conscience et d'amour.

Enfoui dans la mémoire inconsciente des descendants — comme le secret des origines est enfoui dans la mémoire de l'espèce —, le secret agit sans cesse. Non point comme un cadavre qui bougerait encore, mais au contraire comme un germe de vie et de conscience. Il faut le comprendre. La répétition des comportements et des désordres ne dit ni un échec ni une condamnation à perpétuité. Si la faute agit toujours, c'est pour être vue, comprise, exprimée.

Génération après génération, les enfants s'arrachent lentement à l'indifférencié. Ils commencent à reconnaître ceux dont ils sont nés et à se reconnaître, eux, pour achever de naître. Toute l'histoire est dans ce cheminement.

Nous avons été accoutumés à ne voir du passé que la partie visible, concrète, tangible pour ainsi dire : le mouvement des idées, des sciences et des arts qui fait et défait les civilisations et qui laisse en nous, comme des sédiments, ses vestiges et ses traces. Voilà ce que nous connaissons, voilà ce qu'on nous apprend à considérer. Mais tout ce qui fait la réalité banale de la vie : les sentiments, les espoirs, les souffrances, les émotions, pourquoi ne constitueraient-ils pas une construction aussi réelle et agissante que l'autre, même si elle est encore invisible ?

De cette somme de richesses nous ne voyons rien et nous en sommes pourtant les héritiers. Ceux qui nous ont précédés nous transmettent leur expérience, mais aussi la limite de celle-ci, le point au-delà duquel il ne leur a pas été possible d'aller et qui a toujours été une douleur, leur douleur.

Nous héritons en même temps de ce qui est achevé et de ce qui est inachevé. Nous reprenons l'expérience à l'endroit où elle a été interrompue. Le secret de famille est justement cet endroit de souffrance. C'est la part la plus douloureuse de la transmission, le lieu le plus obscur, celui où il faut accomplir les efforts les plus difficiles, parfois les plus tragiques, toujours les plus humbles. Le généalogique, c'est la transmission de ce qui est réalisé et en même temps l'obligation de poursuivre l'expérience, de sortir toujours un peu plus de l'obscurité et de donner un nom aux choses. C'est aussi cela le secret de famille. On meurt lorsqu'on a reconnu la terre d'où l'on vient, lorsqu'on l'a nommée. Alors, alors seulement, on peut retourner à elle.

Table

COLLECTION « PLURIEL »

ACTUEL

ADLER Alexandre
J'ai vu finir le monde ancien
Au fil des jours cruels
L'Odyssée américaine
Rendez-vous avec l'Islam
Sociétés secrètes
ASKENAZY Philippe,
COHEN Daniel
27 questions d'économie contemporaine
ATTIAS Jean-Christophe,
BENBASSA Esther
Les Juifs ont-ils un avenir ?
AUNG SAN SUU KYI
Ma Birmanie
BACHMANN Christian,
LE GUENNEC Nicole
Violences urbaines
BAECQUE (de) Antoine
Les Duels politiques
BARBER Benjamin R.
Djihad versus McWorld
L'Empire de la peur
BARLOW Maude,
CLARKE Tony
L'Or bleu
BEN-AMI Shlomo
Quel avenir pour Israël ?
BENBASSA Esther
La Souffrance comme identité
BERGOUGNIOUX Alain,
GRUNBERG Gérard
Les Socialistes français et le pouvoir (1905-2007)
BEURET Michel,
MICHEL Serge,
WOODS Paolo
La Chinafrique
BHUTTO Benazir
Autobiographie
BIASSETTE Gilles,
BAUDU Lysiane J.
Travailler plus pour gagner moins
BLAIS Marie-Claude,
GAUCHET Marcel,
OTTAVI Dominique
Conditions de l'éducation
BORIS Jean-Pierre
Le Roman noir des matières premières
BRETON Stéphane
Télévision
BROWN Lester
Le Plan B
BRZEZINSKI Zbigniew
Le Grand Échiquier
CHALIAND Gérard
Guérillas
CHARRIN Ève
L'Inde à l'assaut du monde
CLERC Denis
La France des travailleurs pauvres
COHEN Daniel
La Mondialisation et ses ennemis
COHEN-TANUGI Laurent
Guerre ou paix
COHN-BENDIT Daniel
Que faire ?
DAVIDENKOFF Emmanuel
Peut-on encore changer l'école ?
DELPECH Thérèse
L'Ensauvagement
DELUMEAU Jean
Un christianisme pour demain
DOSTALER Gilles,
MARIS Bernard
Capitalisme et pulsion de mort
ÉTIENNE Bruno,
LIOGIER Raphaël
Être bouddhiste en France aujourd'hui
FAUROUX Roger,
SPITZ Bernard
Notre État
GLUCKSMANN André
Ouest contre Ouest
Le Discours de la haine
GODARD Bernard,
TAUSSIG Sylvie
Les Musulmans en France
GORE Al
Urgence planète Terre
GREENSPAN Alan
Le Temps des turbulences
GRESH Alain
L'Islam, la République et le monde
Israël-Palestine
GRESH Alain,
VIDAL Dominique
Les 100 Clés du Proche-Orient
GUÉNIF-SOUILAMAS Nacira
Des beurettes
JADHAV Narendra
Intouchable
JEANNENEY Jean-Noël (dir.)
L'Écho du siècle
KAGAN Robert
La Puissance et la Faiblesse
KERVASDOUÉ (de) Jean
Les Prêcheurs de l'apocalypse
KNIBIEHLER Yvonne
Mémoires d'une féministe iconoclaste
LAÏDI Zaki
Un monde privé de sens

LATOUCHE Serge
Le Pari de la décroissance
LAURENS Henry
L'Orient arabe à l'heure américaine
LAVILLE Jean-Louis
L'Économie solidaire
LE MAIRE Bruno
Des hommes d'État
LENOIR Frédéric
Les Métamorphoses de Dieu
LEYMARIE Philippe,
PERRET Thierry
Les 100 Clés de l'Afrique
MINCES Juliette
Le Coran et les femmes
MONGIN Olivier
De quoi rions-nous ?
MOREAU Jacques
Les Socialistes français et le mythe révolutionnaire
NICOLINO Fabrice,
Biocarburants, la fausse solution
NICOLINO Fabrice,
VEILLERETTE François
Pesticides
NOUZILLE Vincent
Les Dossiers de la CIA sur la France 1958-1981
PIGASSE Matthieu,
FINCHELSTEIN Gilles
Le Monde d'après
RAMBACH Anne,
RAMBACH Marine
Les Intellos précaires
RENAUT Alain
La Libération des enfants
ROCARD Michel
Oui à la Turquie
ROY Olivier
Généalogie de l'islamisme
La Laïcité face à l'islam
ROY Olivier,
ABOU ZAHAD Mariam
Réseaux islamiques

SABEG Yazid,
MÉHAIGNERIE Laurence
Les Oubliés de l'égalité des chances
SALAS Denis
Le Tiers Pouvoir
La Volonté de punir
SAVIDAN Patrick
Repenser l'égalité des chances
SENNETT Richard
La Culture du nouveau capitalisme
SMITH Stephen
Négrologie
Oufkir, un destin marocain
SMITH Stephen,
FAES Géraldine
Noir et Français
SMITH Stephen,
GLASER Antoine
Comment la France a perdu l'Afrique
SOROS George
Mes solutions à la crise
STORA Benjamin
La Dernière génération d'octobre
STRAUSS-KAHN Dominique
La Flamme et la Cendre
TINCQ Henri
Les Catholiques
TISSERON Serge
L'Intimité surexposée
TRAORÉ Aminata
Le Viol de l'imaginaire
L'Afrique humiliée
VICTOR Paul-Émile,
VICTOR Jean-Christophe
Adieu l'Antarctique
VIROLE Benoît
L'Enchantement Harry Potter
WARSCHAWSKI Michel
Sur la frontière
WIEVIORKA Michel
La Tentation antisémite

SCIENCES

ACHACHE José
Les Sentinelles de la Terre
ALLORGE Lucile,
IKOR Olivier
La Fabuleuse Odyssée des plantes
ALVAREZ Walter
La Fin tragique des dinosaures
BARROW John
Les Origines de l'Univers
CAZENAVE Michel (dir.)
Aux frontières de la science
CHANGEUX Jean-Pierre
L'Homme neuronal
COHEN-TANNOUDJI Gilles
Les Constantes universelles
DAFFOS Fernand
La Vie avant la vie

DAVIES Paul
L'Esprit de Dieu
DAWKINS Richard
Qu'est-ce que l'Évolution ?
Il était une fois nos ancêtres
FERRIES Timothy
Histoire du Cosmos de l'Antiquité au Big Bang
FISCHER Helen
Histoire naturelle de l'amour
GLASHOW Sheldon
Le Charme de la physique
KANDEL Robert
L'Incertitude des climats
LAMBRICHS Louise L.
La Vérité médicale
LASZLO Pierre
Chemins et savoirs du sel

Qu'est-ce que l'alchimie ?
LEAKEY Richard
L'Origine de l'humanité
NOTTALE Laurent
La Relativité dans tous ses états
PETIT Jean-Pierre
On a perdu la moitié de l'Univers
SCHWARTZ Laurent
Métastases
SEIFE Charles
Zéro
SINGH Simon
Le Dernier Théorème de Fermat
Le Roman du Big Bang
STEWART John
La Nature et les nombres
VIDAL-MADJAR Alfred
Il pleut des planètes

PHILOSOPHIE

ARON Raymond
Essai sur les libertés
L'Opium des intellectuels
AZOUVI François
Descartes et la France
BADIOU Alain
Deleuze
BLAIS Marie-Claude,
GAUCHET Marcel,
OTTAVI Dominique
Pour une philosophie politique de l'éducation
BOUDON Raymond
Le Juste et le vrai
BOUVERESSE Jacques
Le Philosophe et le réel
BURKE Edmund
Réflexions sur la Révolution en France
CANTO-SPERBER Monique
Le Libéralisme et la gauche
CASSIRER Ernst
Le Problème Jean-Jacques Rousseau
CHÂTELET François
Histoire de la philosophie
t. 1 : *La Philosophie païenne (du VIe siècle av. J.-C. au IIIe siècle après J.-C.)*
t. 2 : *La Philosophie médiévale (du Ier au XVe siècle)*
t. 3 : *La Philosophie du monde nouveau* (XVIe et XVIIe siècles)
t. 4 : *Les Lumières (XVIIIe siècle)*
t. 5 : *La Philosophie et l'histoire (de 1780 à 1880)*
t. 6 : *La Philosophie du monde scientifique et industriel (de 1860 à 1940)*
t. 7 : *La Philosophie des sciences sociales (de 1860 à nos jours)*
t. 8 : *Le XXe siècle*
CONSTANT Benjamin
Principes de politique
COURTINE-DENAMY Sylvie
Hannah Arendt
DESANTI Jean-Toussaint
Le Philosophe et les pouvoirs
Un destin philosophique
DESCHAVANNE Éric,
TAVOILLOT Pierre-Henri
Philosophie des âges de la vie
DETIENNE Marcel
Dionysos à ciel ouvert
GIRARD René
La Violence et le sacré
Celui par qui le scandale arrive
Mensonge romantique et vérité romanesque
Les Origines de la culture
GLUCKSMANN André
Le Bien et le Mal
Une rage d'enfant
HABERMAS Jürgen
Après Marx
HABIB Claude
Le Consentement amoureux
HAZARD Paul
La Pensée européenne au XVIIIe siècle
JANICAUD Dominique
Heidegger en France (2 vol.)
JANKÉLÉVITCH Sophie,
OGILVIE Bertrand
L'Amitié
JARDIN André
Alexis de Tocqueville
JERPHAGNON Lucien
Les Dieux ne sont jamais loin
Au bonheur des sages
JOUVENEL (de) Bertrand
Du pouvoir
KAHN Axel,
GODIN Christian
L'Homme, le bien, le mal
LA ROCHEFOUCAULD
Maximes, réflexions, lettres
LINDENBERG Daniel
Destins marranes
LÖWITH Karl
Nietzsche
MANENT Pierre
Histoire intellectuelle du libéralisme
MARZANO Michela
La Fidélité ou l'amour à vif
La Pornographie ou l'épuisement du désir
Extension du domaine de la manipulation
MONGIN Olivier
Face au scepticisme
NEGRI Anthonio
Job, la force de l'esclave
NIETZSCHE Friedrich
Aurore
Humain, trop humain
Le Gai Savoir
Par-delà le bien et le mal
ORY Pascal
Nouvelle Histoire des idées politiques

QUINET Edgar
L'Enseignement du peuple, suivi de *La Révolution religieuse au XIXᵉ siècle*
RIALS Stéphane
La Déclaration des droits de l'homme et du citoyen
RICHIR Marc
La Naissance des dieux
RICŒUR Paul
La Critique et la conviction
ROUSSEAU Jean-Jacques
Du contrat social
SAVATER Fernando
Choisir, la liberté
Sur l'art de vivre
Les Dix Commandements au XXIᵉ siècle
SAVIDAN Patrick
Repenser l'égalité des chances
SCHOLEM Gershom
Walter Benjamin
SERRES Michel
Les Cinq Sens
Le Parasite
Rome
SIRINELLI Jean-François
Sartre et Aron
SLOTERDIJK Peter
Bulles. Sphères I
Écumes. Sphères III
Colère et temps
Essai d'intoxication volontaire, suivi de *L'Heure du crime et le temps de l'œuvre d'art*
Ni le soleil ni la mort
Les Battements du monde
Le Palais de cristal
SUN TZU
L'Art de la guerre
TODOROV Tzvetan
Les Morales de l'histoire

PSYCHANALYSE / PSYCHOLOGIE

BETTELHEIM Bruno
Le Poids d'une vie
BETTELHEIM Bruno,
ROSENFELD Alvin
Dans les chaussures d'un autre
BONNAFÉ Marie
Les Livres, c'est bon pour les bébés
BRUNSCHWIG Hélène
N'ayons pas peur de la psychothérapie
CRAMER Bertrand
Profession bébé
CYRULNIK Boris
Mémoire de singe et paroles d'homme
La Naissance du sens
Sous le signe du lien
CYRULNIK Boris,
MATIGNON Karine Lou,
FOUGEA Frédéric
La Fabuleuse Aventure des hommes et des animaux
CZECHOWSKI Nicole,
DANZIGER Claudie
Deuils
DANON-BOILEAU Henri
De la vieillesse à la mort
DUMAS Didier
La Sexualité masculine
Sans père et sans parole
FLEM Lydia
Freud et ses patients
GAVARINI Laurence
La Passion de l'enfant
GAY Peter
Freud, une vie (2 vol.)
GREEN André
La Déliaison
Un psychanalyste engagé
GRIMBERT Philippe
Pas de fumée sans Freud
Psychanalyse de la chanson
HADDAD Antonietta,
HADDAD Gérard
Freud en Italie
HADDAD Gérard
Manger le livre
HEFEZ Serge
Quand la famille s'emmêle
Dans le cœur des hommes
HEFEZ Serge,
LAUFER Danièle
La Danse du couple
HOFFMANN Christian
Introduction à Freud
HUMBERT Élie G.
Jung
JEAMMET Philippe
Anorexie Boulimie
JOUBERT Catherine,
STERN Sarah
Déshabillez-moi
KORFF-SAUSSE Simone
Dialogue avec mon psychanalyste
Le Miroir brisé
LACHAUD Denise
Jalousies
LAPLANCHE Jean,
PONTALIS Jean-Bernard
Fantasme originaire. Fantasme des origines. Origines du fantasme
LESSANA Marie-Magdeleine
Entre mère et fille : un ravage
MIJOLLA (de) Alain (dir.)
Dictionnaire international de la psychanalyse (2 vol.)
MORO Marie Rose
Enfants d'ici venus d'ailleurs
MURAT Laure
La Maison du docteur Blanche
PERRIER François
L'Amour

PHILLIPS Adam
Le Pouvoir psy
PIGNARRE Philippe
Comment la dépression est devenue une épidémie
RIBAS Denys
L'Énigme des enfants autistes
SIETY Anne
Mathématiques, ma chère terreur
SUTTON Nina
Bruno Bettelheim
TISSERON Serge
Comment Hitchcock m'a guéri
Psychanalyse de l'image
TOMKIEWICZ Stanislas
L'Adolescence volée
VIGOUROUX François
L'Âme des maisons
L'Empire des mères
Le Secret de famille

Sociologie, anthropologie

ARNALDEZ Roger
L'Homme selon le Coran
AUGÉ Marc
Un ethnologue dans le métro
BADIE Bertrand,
BIRNBAUM Pierre
Sociologie de l'État
BAUMAN Zygmunt
Le Coût humain de la mondialisation
La Société assiégée
L'Amour liquide
La Vie en miettes. Expérience moderne et moralité
BEAUD Stéphane,
PIALOUX Michel
Violences urbaines, violence sociale
BOUDON Raymond
La Logique du social
L'Inégalité des chances
BROMBERGER Christian
Passions ordinaires
CALVET Louis-Jean
Histoire de l'écriture
La Guerre des langues et les politiques linguistiques
CASTEL Robert,
HAROCHE Claudine
Propriété privée, propriété sociale, propriété de soi
DIGARD Jean-Pierre
Les Français et leurs animaux
DUPUY Jean-Pierre
Libéralisme et justice sociale
EHRENBERG Alain
Le Culte de la performance
L'Individu incertain
ELLUL Jacques
Le Bluff technologique
FOURASTIÉ Jean
Les Trente Glorieuses
GARAPON Antoine,
PERDRIOLLE Sylvie
Quelle autorité ?
GIDDENS Anthony
La Transformation de l'intimité
GINESTE Thierry
Victor de l'Aveyron
GUÉRIN Serge
L'Invention des seniors
HIRSCHMAN Albert O.
Bonheur privé, action publique
KAUFMANN Jean-Claude
Casseroles, amour et crises
L'Invention de soi
Ego
Quand Je est un autre
L'étrange histoire de l'amour heureux
LAHIRE Bernard
L'Homme pluriel
LE BRAS Hervé
Marianne et les lapins
LE BRETON David
L'Adolescence à risque
MONOD Jean
Les Barjots
MUXEL Anne
Individu et mémoire familiale
PIKETTY Thomas
Les Hauts Revenus en France au XXe siècle
PONT-HUMBERT Catherine
Dictionnaire des symboles, des rites et des croyances
RAUCH André
Crise de l'identité masculine, 1789-1914
Vacances en France de 1830 à nos jours
ROBIN Corey
La Peur
ROSANVALLON Pierre
La Question syndicale
SAVIER Lucette
Des sœurs, des frères
SENNETT Richard
Respect
La Culture du nouveau capitalisme
SINGLY (de) François
Les Uns avec les autres
Les Adonaissants
L'Injustice ménagère
Comment aider l'enfant à devenir lui-même ?
SULLEROT Évelyne
La Crise de la famille
THÉLOT Claude
Tel père, tel fils ?
TIERNEY Patrick
Au nom de la civilisation
URFALINO Philippe
L'Invention de la politique culturelle
WIEVIORKA Michel
La Violence

Histoire

ADLER Laure
Les Maisons closes
Secrets d'alcôve
AGULHON Maurice
De Gaulle. Histoire, symbole, mythe
La République (de 1880 à nos jours)
t. 1 : *L'Élan fondateur et la grande blessure (1880-1932)*
t. 2 : *Nouveaux drames et nouveaux espoirs (de 1932 à nos jours)*
ALEXANDRE-BIDON Danièle
La Mort au Moyen Âge
ALEXANDRE-BIDON Danièle,
LETT Didier
Les Enfants au Moyen Âge
ANATI Emmanuel
La Religion des origines
ANDREU Guillemette
Les Égyptiens au temps des pharaons
ANTOINE Michel
Louis XV
BALANDIER Georges
Le Royaume de Kongo du XVIe au XVIIIe siècle
BALLET Pascale
La Vie quotidienne à Alexandrie
BANCEL Nicolas,
BLANCHART Pascal,
VERGÈS Françoise
La République coloniale
BARTOV Omer
L'Armée d'Hitler
BAYNAC Jacques
Jean Moulin
BEAUFRE André (Général)
Introduction à la stratégie
BÉAUR Gérard
La Terre et les hommes
BECHTEL Guy
La Chair, le diable et le confesseur
BECKER Annette
Oubliés de la Grande Guerre
BENNASSAR Bartolomé,
VINCENT Bernard
Le Temps de l'Espagne, XVIe-XVIIe siècles
BENNASSAR Bartolomé
L'Inquisition espagnole, XVe-XIXe siècles
BERCÉ Yves-Marie
Fête et révolte
BERNAND André
Alexandrie la grande
BLUCHE François
Le Despotisme éclairé
Louis XIV
Les Français au temps de Louis XVI
BOLOGNE Jean Claude
Histoire de la pudeur
Histoire du mariage en Occident
Histoire du célibat
BORDONOVE Georges
Les Templiers au XIIIe siècle
BOTTÉRO Jean
Babylone et la Bible
Au commencement étaient les dieux
BOTTÉRO Jean,
HERRENSCHMIDT Clarisse,
VERNANT Jean-Pierre
L'Orient ancien et nous
BREDIN Jean-Denis
Un tribunal au garde-à-vous
BROSSAT Alain
Les Tondues
BRULÉ Pierre
Les Femmes grecques
CAHEN Claude
L'Islam, des origines au début de l'Empire ottoman
CAMPORESI Piero
Les Baumes de l'amour
CARCOPINO Jérôme
Rome à l'apogée de l'Empire
CARRÈRE D'ENCAUSSE Hélène
Catherine II
Lénine
Nicolas II
CHAUNU Pierre
Le Temps des réformes
CHEBEL Malek
L'Esclavage en Terre d'Islam
CHÉLINI Jean
Histoire religieuse de l'Occident médiéval
CHOURAQUI André
Jérusalem
Les Hommes de la Bible
CLOULAS Ivan
Les Châteaux de la Loire au temps de la Renaissance
DARMON Pierre
Le Médecin parisien en 1900
Vivre à Paris pendant la Grande Guerre
DAVRIL Dom Anselme,
PALAZZO Éric
La Vie des moines au temps des grandes abbayes
DELUMEAU Jean
La Peur en Occident
Rome au XVIe siècle
Une histoire du paradis
t. 1 : *Le Jardin des délices*
t. 2 : *Mille ans de bonheur*
t. 3 : *Que reste-t-il du paradis ?*
DESANTI Dominique
Ce que le siècle m'a dit
DUBY Georges
Le Chevalier, la femme et le prêtre
Le Moyen Âge (987-1460)
DUCELLIER Alain
Le Drame de Byzance
DUCREY Pierre
Guerre et guerriers dans la Grèce antique
DUPÂQUIER Jacques,
KESSLER Denis
La Société française au XIXe siècle
DUPUY Roger
Les Chouans

DUROSELLE Jean-Baptiste
L'Europe, histoire de ses peuples
ENDERLIN Charles
Par le feu et par le sang
EISENSTEIN Elizabeth L.
La Révolution de l'imprimé
EPSTEIN Simon
Histoire du peuple juif au XXe siècle
ESLIN Jean-Claude,
CORNU Catherine
La Bible, 2 000 ans de lectures
ESPRIT
Écrire contre la guerre d'Algérie (1947-1962)
ÉTIENNE Bruno
Abdelkader
ETIENNE Robert
Pompéi
FAVIER Jean
De l'or et des épices
FERRO Marc
Le Livre noir du colonialisme
Nazisme et communisme
Pétain
FINLEY Moses I.
On a perdu la guerre de Troie
FLACELIÈRE Robert
La Grèce au siècle de Périclès
FLORI Jean
Chevaliers et chevalerie au Moyen Âge
FOSSIER Robert
Le Travail au Moyen Âge
FROMKIN David
Le Dernier Été de l'Europe
FRUGONI Chiara
Saint François d'Assise
FURET François
La Gauche et la Révolution au XIXe siècle
La Révolution (1770-1880)
t. 1 : *La Révolution française, de Turgot à Napoléon (1770-1814)*
t. 2 : *Terminer la Révolution, de Louis XVIII à Jules Ferry (1814-1880)*
FURET François,
NOLTE Ernst
Fascisme et communisme
FURET François,
RICHET Denis
La Révolution française
GARIN Eugenio
L'Éducation de l'homme moderne (1400-1600)
GERVAIS Danièle
La Ligne de démarcation
GIRARD Louis
Napoléon III
GIRARDET Raoul
Histoire de l'idée coloniale en France
GOUBERT Pierre
Initiation à l'histoire de la France
L'Avènement du Roi-Soleil
Louis XIV et vingt millions de Français
GOUBERT Jean-Pierre
Une histoire de l'hygiène
GRAS Michel,
ROUILLARD Pierre,
TEIXIDOR Xavier
L'Univers phénicien
GUICHARD Pierre
Al-Andalus (711-1492)
GUILAINE Jean
La Mer partagée
HEERS Jacques
Esclaves et domestiques au Moyen Âge
Fête des fous et carnavals
La Cour pontificale au temps des Borgia et des Médicis
La Ville au Moyen Âge en Occident
HOBSBAWM Eric J.
Franc-tireur. Autobiographie
L'Ère des révolutions (1789-1848)
L'Ère du capital (1848-1875)
L'Ère des empires (1875-1914)
Marx et l'histoire
HORNUNG Erik
L'Esprit du temps des pharaons
HOWARD Dick
Aux origines de la pensée politique américaine
HUSSEIN Mahmoud
Al-Sîra (2 vol.)
JERPHAGNON Lucien
Histoire de la Rome antique
Les Divins Césars
JOHNSON Hugh
Une histoire mondiale du vin
JOMINI (de) Antoine-Henri
Les Guerres de la Révolution (1792-1797)
JOXE Pierre
L'Édit de Nantes
JUDT Tony
Après-guerre
KNIBIEHLER Yvonne
Histoire des infirmières en France au XXe siècle
KRIEGEL Maurice
Les Juifs à la fin du Moyen Âge dans l'Europe méditerranéenne
LABY Lucien
Les Carnets de l'aspirant Laby
LACARRIÈRE Jacques
En cheminant avec Hérodote
LACORNE Denis
L'Invention de la République américaine
LAURIOUX Bruno
Manger au Moyen Âge
LE BRIS Michel
D'or, de rêves et de sang
LE GOFF Jacques
La Bourse et la vie
Un long Moyen Âge
LE NAOUR Jean-Yves
Le Soldat inconnu vivant
LE ROY LADURIE Emmanuel
L'État royal (1460-1610)
L'Ancien Régime (1610-1770)
t. 1 : *L'Absolutisme en vraie grandeur (1610-1715)*
t. 2 : *L'Absolutisme bien tempéré (1715-1770)*
Trente-trois questions sur l'histoire du climat

LEVER Évelyne
Louis XVIII
C'était Marie-Antoinette
LÉVI Jean (traduction et commentaires)
Les Sept Traités de la guerre
MALET-ISAAC
Histoire
t. 1 : *Rome et le Moyen Âge (735 av. J.-C.-1492)*
t. 2 : *L'Âge classique (1492-1789)*
t. 3 : *Les Révolutions (1789-1848)*
t. 4 : *La Naissance du monde moderne (1848-1914)*
MANDROU Robert
Possession et sorcellerie au XVIIe siècle
MANTRAN Robert
Istanbul au siècle de Soliman le Magnifique
MARGOLIN Jean-Louis
Violences et crimes du Japon en guerre (1937-1945)
MARTIN-FUGIER Anne
La Bourgeoise
MAUSS-COPEAUX Claire
Appelés en Algérie
MELCHIOR-BONNET Sabine
Histoire du miroir
MILO Daniel
Trahir le temps
MIQUEL Pierre
La Grande Guerre au jour le jour
MOSSE George L.
De la Grande Guerre au totalitarisme
MUCHEMBLED Robert
L'Invention de l'homme moderne
NEVEUX Hugues
Les Révoltes paysannes en Europe (XIVe-XVIIe siècles)
NOIRIEL Gérard
Réfugiés et sans-papiers
Immigration, antisémitisme et racisme en France (XIXe-XXe siècles)
PELIKAN Jaroslav
Jésus au fil de l'histoire
PÉTRÉ GRENOUILLEAU Olivier
Nantes au temps de la traite des Noirs
PITTE Jean-Robert
Bordeaux Bourgogne
POMEAU René
L'Europe des Lumières
POURCHER Yves
Les Jours de guerre
POZNANSKI Renée
Les Juifs en France pendant la Seconde Guerre mondiale
RANCIÈRE Jacques
La Nuit des prolétaires
RAUCH André
Histoire du premier sexe
RAUSCHNING Hermann
Hitler m'a dit
RÉGENT Frédéric
La France et ses esclaves
REVEL Jacques
Fernand Braudel et l'histoire
RICHÉ Pierre
Les Carolingiens
RIEFFEL Rémy
Les Intellectuels sous la Ve République (3 vol.)
RIOUX Jean-Pierre
De Gaulle
RIOUX Jean-Pierre,
SIRINELLI Jean-François
La France d'un siècle à l'autre (2 vol.)
La Culture de masse en France
RIVET Daniel
Le Maghreb à l'épreuve de la colonisation
ROBERT Jean-Noël
Eros romain
ROTH François
La Guerre de 1870
ROUSSET David
Les Jours de notre mort
L'Univers concentrationnaire
ROUX Jean-Paul
Les Explorateurs au Moyen Âge
SEGEV Tom
1967
SHIRER William
La Chute de la IIIe République
SINGER Claude
Vichy, l'Université et les Juifs
SIRINELLI Jean-François
Les Baby-boomers
SNODGRASS Anthony
La Grèce archaïque
SOLER Jean
L'Invention du monothéisme
t. 1 : *Aux origines du Dieu unique*
t. 2 : *La Loi de Moïse*
t. 3 : *Sacrifices et interdits alimentaires dans la Bible*
SOUSTELLE Jacques
Les Aztèques à la veille de la conquête espagnole
SPEER Albert
Au cœur du Troisième Reich
STORA Benjamin
Les Trois Exils. Juifs d'Algérie
Messali Hadj
Les Immigrés algériens en France
STORA Benjamin,
HARBI Mohammed
La Guerre d'Algérie
THIBAUDET Albert
La République des Professeurs suivi de *Les Princes lorrains*
TRAVERSO Enzo
La Guerre civile européenne (1914-1945)
TROCMÉ Étienne
L'Enfance du christianisme
TULARD Jean
Napoléon
Les Français sous Napoléon
VALENSI Lucette
Venise et la Sublime Porte
VALLAUD Pierre
Atlas historique du XXe siècle

VERGÈS Françoise
La Mémoire enchaînée
VERNANT Jean-Pierre
La Mort dans les yeux
VEYNE Paul
Le Quotidien et l'intéressant
VIDAL-NAQUET Pierre
L'Histoire est mon combat
WEBER Eugen
L'Action française
WEIL Georges
Histoire de l'idée laïque en France au XIXe siècle
WIEVIORKA Annette
Déportation et génocide
L'Ère du témoin
Auschwitz

Lettres et arts

ABÉCASSIS Armand,
ABÉCASSIS Éliette
Le Livre des passeurs
ARNAUD Claude
Qui dit je en nous ?
BADIOU Alain
Beckett
BAECQUE (de) Antoine
La Cinéphilie
BONFAND Alain
Paul Klee
BONFAND Alain,
MARION Jean-Luc
Hergé
CACHIN Françoise
Gauguin
CLARK Kenneth
Le Nu (2 vol.)
DAIX Pierre
Les Surréalistes
Picasso
DE DUVE Thierry
Résonances du readymade
DELON Michel
Le Savoir-vivre libertin
FERRIER Jean-Louis
Brève histoire de l'art
De Picasso à Guernica
GABLER Neil
Le Royaume de leurs rêves
GIRARD René
Mensonge romantique, vérité romanesque
GOODMAN Nelson
Langages de l'art
GRAVES Robert
Les Mythes grecs
GUILBAUT Serge
Comment New York vola l'idée d'art moderne
HASKELL Francis,
PENNY Nicholas
Pour l'amour de l'antique
HEINICH Nathalie
L'Art contemporain exposé aux rejets
HURÉ Pierre-Antoine,
KNEPPER Claude
Liszt en son temps
JANOVER Louis
La Révolution surréaliste
LAZARD Madeleine
Rabelais l'humaniste
LE BIHAN Adrien
De Gaulle écrivain
LIÉBERT Georges
L'Art du chef d'orchestre
LOYER Emmanuelle
Paris à New York
MARTIN-FUGIER Anne
La Vie d'artiste au XIXe siècle
Les Romantiques
MESCHONNIC Henri
De la langue française
MICHAUD Yves
L'Art à l'état gazeux
Critères esthétiques et jugement de goût
L'Artiste et les commissaires
PACHET Pierre
Les Baromètres de l'âme
RANCIÈRE Jacques
La Parole muette
Mallarmé
REWALD John
Le Post-impressionnisme
Histoire de l'impressionnisme
RICHARD Lionel
L'Art et la guerre
SALLES Catherine
La Mythologie grecque et romaine
STEINER George
De la Bible à Kafka
Extraterritorialité
STEINER George,
LADJALI Cécile
Éloge de la transmission
TAPIÉ Victor L.
Baroque et classicisme
VALLIER Dora
L'Art abstrait
VON DER WEID Jean-Noël
La Musique du XXe siècle

Pour l'éditeur, le principe est d'utiliser des papiers composés de fibres naturelles, renouvelables, recyclables et fabriquées à partir de bois issus de forêts qui adoptent un système d'aménagement durable.

En outre, l'éditeur attend de ses fournisseurs de papier qu'ils s'inscrivent dans une démarche de certification environnementale reconnue.

Imprimer en Espagne, par LITOGRAFIA ROSES S.A. (Gava)
27-04-0585-3/01
Depôt légal: novembre 2010